中国寓言故事

王 燕 编著

目录

001　序

001　同舟共济
001　白丝染色
001　五十步笑百步
002　毛嫱西施
002　公输削鹊
003　夸父追日
003　拔苗助长
004　楚人学语
004　庖丁解牛
005　弓箭相依
006　东施效颦
006　引婴投江
006　宋人驯马
007　掩耳盗铃
007　强取人衣
008　舟船渡河
008　祸福相依
009　楚人涉雍

009	刻舟求剑
009	南辕北辙
010	朝三暮四
010	狐假虎威
011	重金求骥
011	猎者得麋
012	马价十倍
012	与狐谋皮
012	金玉非宝
013	鲁王养鸟
013	纪昌学射
014	挂牛头卖马肉
014	涸泽之鱼
015	涸泽之蛇
015	狡狐搏雉
016	适者生存
016	畏影恶迹
017	鹤鸭易腿
017	望洋兴叹
018	利斧削灰
018	扁鹊治病
019	愚人藏石
020	自相矛盾
020	不见眼毛
021	滥竽充数
022	盗贼觅理
022	二子学棋
022	郑人买鞋
023	智子疑邻
023	赵襄子学御

024	纣为象箸
024	网开三面
025	一鸣惊人
025	缚狗取鼠
026	唇亡齿寒
027	耕田济猎
027	直躬不受诛
028	守株待兔
028	买椟还珠
028	延陵杀马
029	黄公谦卑
029	恶名拒客
030	雉当凤凰
030	画鬼最易
031	三人成虎
031	愚公移山
032	小儿辩日
033	阿豹折箭
033	笼鸟减食
034	许由出逃
034	鲁人徙越
034	卫人嫁女
035	次非斩蛟
035	画蛇添足
036	鹬蚌相争
036	伯乐识骥
037	截长补短
037	螳臂挡车
038	百发百中
038	亡羊补牢

039　猫头鹰搬家
040　大鱼上钩
040　邹忌照镜
041　一卵家当
042　歧路亡羊
043　黔驴技穷
043　杞人忧天
044　赵简子放生
045　东郭先生和狼
048　高山流水
048　路见桑妇
049　鼫鼠学技
049　疑心生鬼
049　海鸥识奸
050　曾子杀猪
050　曾参杀人
051　虎怒决蹯
051　两虎相斗
052　回头鹿
052　借光
052　苛政猛于虎
053　嗟来之食
053　郢书燕说
054　南橘北枳
054　井底之蛙
056　庄子妻死
056　鲲鹏与斥鹨
057　远水救不了近火
057　吝啬老人
058　锯竿进城

058	煮竹席
059	宣王好射
059	弃璧保子
060	周人怀璞
060	曲高和寡
060	农夫得玉
061	假人
062	解铃系铃
062	猎人救象
063	吝公惜驴
064	杯弓蛇影
065	未尝一遇
065	鲁人造酒
066	买凫猎兔
067	寒号鸟
067	神鱼
068	公仪休嗜鱼
068	新妇
069	郑人逃暑
069	一叶障目
070	指鹿为马
070	熟能生巧
071	城门失火
071	邯郸学步
072	东食西宿
072	猎雁
073	养猿于笼
073	野猫偷鸡
074	古琴高价
074	九头鸟

075 以猪代牛
076 鱼落沙滩
077 赵人患鼠
078 有钱者生
078 不禽不兽
078 死后不赊
079 一钱莫救
079 吹管的猎人
080 狼子野心
081 为虎作伥
082 齐王嫁女
083 丢斧之人
084 同病相怜
085 吝啬师徒
086 迁公坐凳
086 精卫填海
086 临江麋鹿
087 狂妄的老鼠
088 狙公和猴子
088 假虎
089 藿菜汤
089 济水商人
090 金玉其外
090 玄石戒酒
091 猩猩喝酒
091 猱吃虎脑
092 搔痒
092 穷人和富人
093 一毛不拔
093 靼神助战

094　爱财的人
094　叶公好龙
095　对牛弹琴
095　猴子捞月
096　天鸡
096　烧屋灭鼠
096　猫惧老鼠
097　八哥学话
097　吏人立誓
098　翠鸟做巢
098　囫囵吞枣
099　龟和天鹅
100　歌舞木人
101　无我境界
102　聪明人、傻子和奴才
103　狼挂钩
104　势利狗
104　老虎和刺猬
105　酬谢救火
106　戴高帽
106　愚人挨打
107　蠢人认兄
107　愚人夸父
108　建三层楼
109　两鬼争宝
110　暴躁莽汉
110　爬楼磨刀
111　牧羊人
111　五十里与三十里
112　镜中之人

112　偷牛

113　我是鸳鸯

113　罗刹戏衣

114　五百个面饼子

116　夫妇分饼

116　骆驼和瓮

117　金鼠狼

117　瓮中人影

118　孔雀笑痴

119　鬼神木像

120　木匠与画师

121　长见识

121　壶中人

122　面貌已改

123　恶语伤牛

124　马驹吃草

124　小鸟斗鹰王

125　水泡花环

126　老猫坐禅

127　蓝毛野狗

128　九色鹿

130　鹿王慈心

131　双头鸟

132　香油换臭水

134　婢女摔罐

134　小猫问食

135　半块毛布

135　投金取善

136　向阴背阳

137　小鹦鹉称王

138	成长之药
138	杀子骗人
139	雄雌二鸽
140	头尾争大
140	鹦鹉救火
141	懂鸟兽语
142	瞎子摸象
143	兔胜狮王
145	兔与象王
147	骆驼受骗
150	互助友爱
151	驴蒙虎皮
152	肉猪吃粥
152	蛇伤恩主
153	驱蚊伤父
154	巨大鳖王
154	愚人攒奶
155	良医得酬
156	野鹿夫妇
157	弃老之国
160	乌鸦和家雀
161	农妇和老虎
164	农人和鸽子
167	幸运的兔子
173	千足虫和蚯蚓
175	狐狸智剥狼皮
176	獾和貂打官司
177	麻雀为什么跳着走路
178	鲤鱼报恩
182	狐狸上当

185 猴子和野鸡

188 蜈蚣请医生

188 鹡鸰和老鹰

190 朋友

191 两只青蛙

193 狐狸与老虎

194 两兄弟与杨桃树

195 道士和老虎

196 兔子判案

198 豺鱼斗智

200 鹭、大象和兔子

201 巧分公鸡

202 狐假虎威以后的故事

203 老鼠偷油

204 骗子鹳雀

204 乌鸦学语

205 蜗牛搬家

207 乌鸦为什么老是"哇哇"地叫

207 立论

208 狗的驳诘

序

寓言是用假托的故事或自然物的拟人手法来说明某个道理或教训的文学作品,常带有讽刺或劝诫的性质。这种故事一般是通过对鸟兽、精怪以及非生命物体的拟人化将人类社会的民生世态、情感纠葛、性格品质、道德伦理判断以及思想价值取向等描绘出来并进行评析抉择的。寓言的主题往往带有警示性和劝诫性,它的故事叙述一般带有教化性寓意,比较鲜明地具有通过抽象的概念、形象化的属性和非现实情境映射现实生活的特点。

寓言作为一种常见的文学体裁,是与人类文明相联系的。我国寓言故事至少已有数千年的历史,历经漫长的发展而经久不衰,直至今日,仍然葆有着盎然的生命活力。

"寓言"一词,在我国最早见于《庄子》一书。自先秦时期至当代,我国的寓言创作从未间断过,这种用讲故事的形式来说明某个道理(故事是其外壳,讲道理是其灵魂)的文学作品,以其特有的风貌和骄人成就令人瞩目。部类繁多、林林总总的寓言故事或借助某种自然现象对人类活动以此喻彼;或借助弦外之音表现对某种社会现象的认识;或借助其他的寄托手段表现对人类不同品德的理解、赞扬、批判和嘲讽,富有意味深长的教育、劝诫和警示意义。寓言的主人公可以是人物、动物,也可以是非生命物体。寓言多用象征比喻,尤其是拟人手法,借古喻今、借小喻大、借此喻彼、借物喻人,把一些不易为人所理解和不易被人所接受的道理、主张,寄托在通俗具体的故事之中,将讽刺、比喻的功能寄寓于这些意味深长、耐人寻味、发人深省的故事之中,充满智慧地表现思想又不失纯朴真挚,在生动活泼、情趣盎然的故事里糅合深刻的哲理、复杂的情感、丰富的生活经验和细致的人生感悟。这些故事以其独具的思想感染力和艺术穿透力给人以精神启迪和审美享受。

我国的寓言,从形式特征上看,大致有两种基本形式:"先秦式"和"印度式"。"先秦式"寓言,往往在故事的开头或结尾没有那种哲理性结语或教训性、启发性话语,其鲜明的特点是叙事内容同哲理思辨、劝诫浑然一体,使哲理和教训自然地体现在主要形象或主人公的结局里。"印度式"寓言受到了佛教寓言的影响,往往在故事的开端或结尾,用一段教训式的话语点明寓言故事的主题思想,这一主题思想,有的是由作者直接说出,有的是借助主要形象或主人公说出,还有的是用短诗概括和总结出来的。因而,"印度式"寓言的结构,基本上是由两个部分构成的:虚拟的故事情节、教训式或哲理式的结语。

以上两种形式是我国寓言的常见样态,也是流传最广、影响最大的寓言形式。

我国寓言故事在春秋战国时代就相当盛行,在先秦诸子百家的著作中,有许多就是优秀的寓言作品。例如《孟子》、《庄子》、《韩非子》、《吕氏春秋》、《战国策》等典籍中,就包含了许多当时流行的寓言故事。许多精湛的寓言凝练成的成语进入了全民语言,"筑室道谋"、"拔苗助长"、"讳疾忌医"、"滥竽充数"、"买椟还珠"、"守株待兔"、"自相矛盾"、"疑人盗斧"、"刻舟求剑"、"掩耳盗铃"、"画蛇添足"、"歧路亡羊"、"杯弓蛇影",等等。这些源自寓言的成语,词语精练、音律谐调,意象鲜明而内涵深刻,具有极强的表现力。另外,我国各族人民在他们的生活实践中,还创作了大量的优秀寓言作品,长期在民间口耳相传着,同时在民间流传的还有大量的俚语笑话,其中也不乏好的寓言故事。

可以说,寓言是中国传统文化和民族智慧的一个重要组成部分。它不仅具有文学的价值,而且具有丰厚的思想内容。中国人许多卓越的见识往往蕴藏在寓言之中,可以说不了解中国的寓言,就不能完整地认识中国文学,也不能深入地理解中国人的思想精华。

本书中搜集和编选的是流传于我国不同时期、不同地区、不同民族之中的寓言故事,力求尽量体例统一地把不同寓言体系中的主要寓言故事呈现给读者。

同舟共济

吴国人和越国人过去积怨很深,经常打仗。可是当他们同坐在一条船上遇到大风大浪,在船就要被掀翻的危险时刻,能够忘掉怨恨、不分彼此、互相关怀救助,好像是一个人的左右手。

白丝染色

墨子看见人染丝,感叹地说:"雪白的蚕丝放入青色的染缸,变成了青色;放入黄色的染缸,变成黄色。染料的颜色改变了,蚕丝的颜色也随着改变。蚕丝染了五次,而它的颜色也改变了五次。因此,染丝的时候,不能不小心谨慎啊!"

不仅仅染丝如此,做人治国的情况也是这样的啊!

五十步笑百步

梁惠王对孟子说:"我对于治理国家,真是费尽心力了。河内闹灾荒,我便把那儿的灾民迁移到河东,同时还把河东的一部分粮食运往河内。假如河东闹灾荒,我也是这样办理。我曾经观察邻国的政治,都没有像我这样关心百姓的。但是邻国的百姓并不因此减少,我的臣民也并不因此而增多,这究竟是为什么呢?"

孟子回答说:"大王喜欢战争,请让我用战争来做比喻。咚咚擂起战鼓,枪尖刀锋一接触,作战的人丢盔弃甲拖着武器向后逃跑。有的一口气跑了一百步停下来,有的一口气跑了五十步停下来。那些跑了五十步的人嘲笑跑了一百步的,说他胆子太小了,那怎么行呢?"

梁惠王说:"不行,那些跑了五十步的只不过没有跑到一百步而已,但这同样是逃跑嘛。"

孟子说:"大王如果懂得这个道理,那就不要希望百姓比邻国多了。"

毛嫱西施

毛嫱、西施是天下最漂亮的女子。让她们戴上打鬼驱疫用的假面具,看见的人都会被吓跑;要是换上一套漂亮的细料衣服,走路的人都要被吸引得停步张望。

由此可见,如果没有漂亮衣服的陪衬,即使是最美的女子也会大大减色;而穿了漂亮的细料衣服,就能够为美女增添姿色。

公输削鹊

公输般用竹子、木头精心雕刻了一只喜鹊。雕成后,这喜鹊竟像活的一样展翅高飞,飞了三天也没有停下来。于是,他沾沾自喜地认为世上再没有比这做得更巧妙的了。墨子毫不客气地告诉他说:"你做的喜鹊,还不如木匠做的车轴上的插销。木匠一眨眼工夫就能砍成三寸大小的插销。这东西虽小,却能够使车轮承受很重很重的压力。因此我们判断事情的好坏,要看它是否对人有利,凡是对人有利的就好,对人没有利的就不好。"

夸父追日

　　夸父追赶着太阳,在太阳落山的地方终于追上了它。夸父口渴难忍,就到黄河、渭河去喝水。他把这两条大河喝干了还不解渴,又向北方的大湖泊跑去。还没有到达目的地,就渴死在半路上。他的一根长长的拐棍丢在地上,变化成了硕果累累的一片桃树林。

拔苗助长

　　古时候,宋国有一个农夫总嫌他的庄稼长得太慢,便想出一个办法,跑到地里将禾苗一棵一棵地拔高。他认为这样庄稼就可以长得快一些了。

拔完以后,他疲惫不堪地回到家里对家里人说:"今天可把我累坏了,我帮助庄稼苗长高了一大截!"

家人听后很是吃惊。他儿子赶快跑到地里去查看,发现禾苗全都枯萎了,一棵也没有剩下。

楚人学语

有个楚国的大夫想要叫他儿子学会说齐国话,便找了一个齐国人来教他,但是有许多楚国人继续用楚国语来干扰他。虽然父亲天天用鞭子抽打这个孩子,硬要他学会齐国话,结果还是没有学会。后来,这个大夫把儿子带到齐国的临淄街市上住了几年,这个孩子很快就学会了齐国的语言。反过来,再让这个孩子说楚国话,即使用鞭子打他,也不会说了。

庖丁解牛

有位庖丁替梁惠王肢解牛,只见他用手按住牛,肩膀往牛身上一靠,脚往下一踩,膝盖往前一顶,手起刀落,刷刷几下,那头牛顷刻间便皮肉分离了。解牛时的动作和声音,竟像演奏《桑林之舞》的韵律和《经首乐章》的节奏一般和谐美好。

梁惠王说:"啊!妙极了!你的技术怎么能精熟到这般程度呢?"

庖丁放下刀子回答说:"我研究牛的身体解剖技巧,远远超过了对肢解牛的操作技巧的钻研。刚开始宰牛时,眼中看见的是一只只完整的牛,经过三年,我已经完全掌握了牛体解剖方面的学问,任何一只完整的牛摆在我的面前,我都能把它看成许多部分的组合。由于了解了牛身体各部分之间组合的规律,因而在我的心目中,再也没有完整的牛了。到了现在,我只要用手一摸,便对牛身上的各个部位都了如指掌,不必用眼睛去观看了。感觉器官已经不起作用了,而精神活动却积极起来。顺着牛身上自然的纹理,劈开筋骨之间的空隙,导向骨节间的窍穴;依照牛的自然结构去用刀,一些支脉、经脉、筋骨肉、肌腱以及筋脉交结的地方,我的刀刃没有一点妨碍,更不用说那些大骨头了。好的厨师每年要更换一把刀子,因为他是用刀在切割牛;普通的厨师每月要换一把刀子,因为他是用刀去砍骨头。到此时为止,我这把刀已经用了十九年,用它宰杀的牛已有几千头了,可是,这刀刃却像刚刚从磨刀石上磨过的一样锋利。是什么原因呢?因为牛的骨节间有空隙,刀刃又很薄,以薄刃插进骨节间,宽绰有余,活动方便。所以十九年了,我的刀刃还能像刚刚磨过的刀一样啊!尽管如此,每遇到筋骨脉络交错聚集的地方,我也感到不易下手,总是提醒自己谨慎小心。干活时目不旁视、动作舒缓、用力微妙,喀喀几下,牛的骨肉就松散开了,如一堆黄土散落在地上。这时我提刀站起,四周望望,心满意足,把刀擦干净好好地收藏起来。"

梁惠王听完后说:"好啊!听了庖丁的这一番话,我懂得养生的道理了。"

弓箭相依

有个人自夸他的弓说:"我的弓精良,打猎不用箭射!"

另一个人自夸他的箭说:"我的箭特好,打猎不用弓!"

这时,恰好神射手后羿从旁边走过,听到他们所讲的话,就告诉他们说:"你们所说的都不正确。没有弓,怎么能把箭射出去?没有箭,又怎么能射中靶子啊?射箭离开了弓和箭都不行。"说着,后羿叫他们把弓和箭合在一起,然后教他们射箭。

东施效颦

有个叫西施的美女,她的姿色倾国倾城,但是她患有心口痛的病,经常双手摁着胸口,紧皱着眉头在街头走过,人们都觉得她的样子很好看。

邻家有个丑女名叫东施,看见西施的模样觉得很美,便也模仿西施,故意用双手摁住胸口,皱着眉头,在街市上走来走去。邻里的人看见她这个样子,就像看见了怪物一样,有的紧紧地关起大门不出去,有的带上妻子儿女躲得远远的。

这个丑女只知道西施皱着眉头美,却不知道西施皱着眉头为什么美啊!

引婴投江

有个人从江边经过,看见一个人正抱着一个婴儿要往江中扔,婴儿大声啼哭。这个人问那个人为什么这样做,回答说:"这孩子的父亲非常善于游泳。"

父亲善于游泳,儿子难道也就善于游泳吗?用这种方法来处理事务,也一定是荒谬的。

宋人驯马

古时候,宋国有个自认为会驯马的人。他骑马赶路时马不肯好好行走,他就把马杀死扔进河沟里。然后,他又驾上一匹马,这匹马又不好好行走,他就又把马杀掉扔进了河里。就这样一连杀了多匹马,即使是素以使用威力驯服马匹的驯马能手造父也没有像他这样。那个宋国人并没有学到造父驯马的技术和方法,学到的仅仅是在驯马时使用威力,这对驯驭马匹而言是没有什么用处的。

掩耳盗铃

有一小偷看上了一户人家门上挂着的门铃,可是担心偷盗的时候会发出响声,因此迟迟不敢动手。

怎么办呢?他终于想出一个好办法——用手掩住自己的耳朵前去偷铃。

但他很不走运,刚把自己的耳朵捂住去偷盗,铃声一响,他就被那户人家逮了个正着。

以为把自己的耳朵捂住,别人也就听不到声音了,这岂不太荒唐了吗?

强取人衣

宋国有个人丢了一件黑色衣服,到路上去寻找。他看见一个女子穿着一件黑色衣服,就拉住她不放,一边要她把衣服脱下来,一边告诉她说:"刚才我丢了一件黑衣服。"

那女子说:"先生虽然丢了黑衣服,可我穿的这件衣服确实是我自己的呀!"

那个人说:"你还是赶快把你穿的衣服交给我吧。要知道,我刚才丢掉的是件绸布夹衣,你穿的不过是件粗布单衣。拿单衣换夹衣,难道不是便宜了你吗?"

舟船渡河

两只船并行过河，如果有只空船撞上来，即使是心地再狭隘的人也不会动怒。如果那只船上有人，这两只船上的人一定会喊叫着让他把船撑走。可是若喊一声不听，再喊一声还不听，当喊到第三声的时候，就一定会伴随着辱骂声了。

起先不发怒而现在发怒，这是因为起先是空船而现在船上有人。人如果能够以"虚心克己"的态度处理生活中的事务，那么谁还能够伤害他呢？

祸福相依

庄子在栗园里游玩，看见一只奇异的鹊鸟从南方飞来，它的翅膀有七尺宽，眼珠子大得吓人。它擦着庄子的额头飞过去，停在栗树林里。庄子说："这是什么鸟啊？翅膀那么长却飞不远，眼睛那么大却看不远。"于是提起衣裳快步疾走，拿着弹弓在旁边等候弹射的时机。

一转眼，他看到在枝繁叶茂的树荫间，有一只蝉在舒舒服服地鸣叫着，完全忘记了自身的安全；又看见一只螳螂隐蔽在树叶的后面正要去捕捉那只蝉，看到有蝉，螳螂也忘了自身的安全；怪雀就想利用这个机会捕捉螳螂，它见有食物可捕，也忘了自己的性命安全。

庄子见到这一切，心惊肉跳地说："唉！物与物原来是互相牵累残害的啊！利和害也是互相依附的啊！"于是，他扔掉了弹弓，转身就走。这时，管理栗园的官员发现了庄子，追上去厉声责骂他（怀疑他用弹弓打栗子）。

楚人涉雍

楚国人想要攻打宋国,派人事先测量雍水的深浅并竖立标志。不久,雍水突然上涨,楚国人不知道,依然按照原先竖立的标志在黑夜渡河,结果淹死了数千人,楚军惊恐万状,溃不成军,就像都市里的房屋倒塌一样。

原先竖立标志的时候本是可以涉水过河的,如今河水暴涨,情况已经发生变化了,楚国人还是按着原来的标志过河,这就是他们失败的原因。

刻舟求剑

楚国有个人乘船渡江,他的剑从船上掉进了水里,这个人急忙在船边刻下一个记号,说:"这是我的剑掉下去的地方。"等到船靠岸以后,他就从刻记号的地方跳进水里去找剑,结果一无所获。

船已经移动了,而掉下去的剑却没有动地方。像这个人这样去找剑,岂不是糊涂透顶吗?

南辕北辙

魏王想去攻打赵国的邯郸。季梁听到这个消息后,连忙从半路折回,衣服褶皱了也来不及烫洗弄平,满头的尘土也顾不得梳洗,匆匆忙忙去拜见魏王,告诉魏王说:"这次我从外面回来,看到有一个人在大道上,正驾着车子向北走,告诉我说:'我要到楚国去。'

"我说:'你到楚国去,应该向南走,为什么向北走呢?'他说:'我的马快。'我说:'你的马虽然快,但这不是到楚国去的路呀!'他说:'我的路费多。'我说:'路费虽然多,但这不是通楚国去的路呀!'他说:'我的驾车人本领高超。'我说:'马越快,路费越多,驾车人的本事越高超,如果方向搞错了,那就离楚国越远啊!'

如今,大王要想称霸天下,就必须取信于天下,若要倚仗着国土广大和军队精锐而去攻打邯郸,以扩充疆域,抬高声威,这种不合理的行动越多,距离统一天下、称霸为王的目标就越远。这正好比想要去楚国而向北走一样。"

朝三暮四

宋国有个喜爱猴子的人被人称为狙公。他很喜爱猴子,在家里养了大大小小许多猴子。他能够了解猴子的心理,猴子也能懂得主人的心思。狙公情愿节省家里的口粮,来充当猴子的饲料。不久,他家里的口粮就快吃完了,便打算限制一下猴子的粮食,但又担心猴子不顺从自己,就先哄骗猴子说:"今后给你们栗子吃,早上三个,晚上四个,行不行呢?"猴子们听了都跳起来,非常生气。

过了一会儿,狙公又说:"今后给你们栗子吃,早上四个,晚上三个,这回行了吧?"猴子们一听都趴在地上,非常高兴。

狐假虎威

老虎搜寻猎物。一天,捉到了一只狐狸。狐狸对老虎说:"你不能吃我,因为我是天帝派来做百兽之王的。你如果吃了我,将会受到天帝的惩罚。你可以看到野兽们无不因为害怕我而逃命的。你要是不信我的话,那就让我在前面走,你跟在我后面,在山林里走一趟,看看百兽见到我有敢不逃的吗?"老虎觉得这个办法很有道理,所以就跟它一路走去。果然,众兽看见了,都吓得四处逃窜。老虎不知道众兽是因为怕自己而逃走的,还以为它们真的是害怕狐狸呢!

重金求骥

从前有个国君,愿出高价购买千里马。然而,三年时间过去了,千里马还是没有买到。

有个臣子对国王说:"请让我去找一找吧!"国王便派他去了。

三个月后,终于打听到一匹千里马的下落。但是,当臣子前去购买时,那匹马已经死了。臣子就花了五百金把死马的头买了回来献国王。

国王大怒,说:"我是派你去买活马,没要你买这死马啊!你怎能为了一匹死马的头白白花去五百金子?"

那个臣子对国王说:"马都死了,大王还肯用五百金买它,何况是活马呢?天下的人们必定认为大王是真心实意想买千里马的,因此千里马一定会送上门来的。"

果然,不到一年,自动被人送上门来的千里马就有三匹之多。

猎者得麋

山林沼泽中的野兽,没有比麋鹿更机灵、更狡猾的了。麋鹿知道猎人在前面张开大网,要把自己往网里赶,所以它就调过头来往回跑,并冲撞打猎的人。这样的事情发生了不止一次。猎人知道麋鹿的狡诈,就用手举着网假装把它往前赶,麋鹿还是像过去那样掉头冲撞猎人,结果自投罗网被猎人捕获了。

马价十倍

有个卖骏马的人,接连三天待在市上,没有人理睬。这人就去向相马的专家伯乐请求帮忙,他向伯乐说:"我有匹好马要卖,接连三天待在市上没人过问,希望你给帮帮忙,去看看我的马。只要你绕着我的马转几个圈儿,临走时再回过头看它一眼,我愿意奉送给你一天的花费。"

伯乐接受了这个请求,就去绕着马转几圈儿,看了一看,临离去时又回过头去再看了一眼。结果呢,这匹马的价钱立刻涨了十倍。

与狐谋皮

有个人爱穿皮袍又喜欢吃精美的食品。他想做一件极为珍贵的狐皮皮袍,便去找狐狸商量,希望狐狸把皮献出来供他使用;他想办一桌齐全的酒席,就去跟羊商量,希望羊同意把自己宰杀了当作食物。那个人的话尚未说完,狐狸便邀集同伴在一块儿躲进了深山,羊也招呼同伴一起藏进了密林。就这样,那个人过了十年也没做成一件皮袄,过去了五年也没有办成一桌酒席。原因何在呢?就因为他去找狐狸和羊商量的办法是错误的。

金玉非宝

齐景公对大臣晏婴说:"我已经有了用千辆车才能装盛的珍宝,有了数以万计的车马。我打算把美玉当作国宝,还准备聚集更多的金玉,你看能得到吗?"

晏婴说:"我听说在琬玉外边,有一种金翅鸟,老百姓称它为羽豪。那种鸟呀,不是龙肺不吃、不是凤血不喝。因此,它经常吃不饱,也得不到充足的饮料,生下没有多久,没有活到它应该活到的寿命,就死了。看来金玉并不是什么宝贝!对国君来讲,这些东西甚至可以说是祸害啊!"

鲁王养鸟

有一只海鸟飞到了鲁国的都城。鲁王从来没见过这种鸟,以为是神仙的化身,就派人把它捉来,亲自供养在庙堂里。

鲁王为了表示对这只海鸟的爱护与尊重,吩咐把宫廷最美妙的音乐演奏给它听、下令用最丰盛的筵席款待它。但是海鸟体会不到鲁王这番盛情,只吓得神魂颠倒、举止失常,什么也不敢吃,没过两天就忧郁而死了。

纪昌学射

飞卫是古代的一位射箭能手。有个叫纪昌的人拜飞卫为师,跟他学射箭。

飞卫说:"你先要学会看东西不眨眼,然后才可以学射箭。"

纪昌回到家里,仰面躺在妻子的织布机下边,两眼直盯着来去不停的梭子。这样坚持学了两年,即使锥子刺他的眼睛,他的眼睛也不会眨一眨。纪昌告诉飞卫,他的眼睛已经达到了要求。

飞卫说:"还要把眼力锻炼好才行,只有练好了眼力,我才可以教你学射箭。你要练到能够把微小的东西看得很大,把模糊的东西看得清晰才行,到了那时候再来找我。"

纪昌便用一根牛毛,系上一只虱子,悬挂在窗口,目不转睛地看着它。十天之后,那虱子渐渐变大了。三年之后,大得好像车轮。再看其他的东西,简直都像巨大的山丘了,他抓起良弓利箭朝那只虱子射去。不偏不倚,正好穿过虱子的身体的中心,而悬吊虱子的牛尾毛却没有被射断。

纪昌把这件事告诉了飞卫。

飞卫掩饰不住内心的喜悦,向纪昌庆贺道:"你的射箭水平已经超过我了!"

挂牛头卖马肉

齐灵公有个坏毛病,那就是喜欢宫女们穿着男装。上行下效,由于灵公的喜好,齐国上下都模仿起来,很快成为了整个国家的风气。妇女们不论老少都穿起了男装,结果搞得乌烟瘴气,影响非常不好。看到这种情况,灵公便下令禁止,派官吏宣布说:"如果再有女扮男装的,就撕破她的衣服,扯断她的衣带!"但是,虽然有许多女人被撕破了衣服、被扯断了衣带,可是女扮男装的风气仍然禁而不止。

一天,晏婴前来拜见,灵公问他:"我派官吏禁止女着男装。违者就撕破她们的衣服、扯断她们的衣带。撕衣断带的人到处都有,可是女着男装的风气还是制止不了,这究竟是为什么呢?"晏子回答说:"大王没有发现吗?这种事情在宫内受到鼓励,在宫外却严加禁止,正好像店铺门外挂着牛头,店内卖的却是马肉一样啊!君王要禁止女着男装,只要在宫内禁绝,那宫外的妇女谁还敢再穿着男装呢?"灵公说:"有道理。"于是下令禁止宫内的女子穿着男装。没过多久,齐国上下再也没有妇女着男装了。

涸泽之鱼

庄周家里很穷。有一次,家中没吃的了,他只好到监河侯那里去借粮食。监河侯说:"这样吧,快要到收租的时候了,等租税收上来,我借给你三百两黄金,可以吗?"

庄周气得脸色都变了,告诉监河侯说:"我昨天来的时候,在路上听见有喊'救命'的声音,四处张望,发现在干涸的车辙里躺着一条鲫鱼。我就问它:'鲫鱼,你是从哪里到这儿来的?'鲫鱼回答说:'我从东海来,快渴死了,请你给我一些水救救命吧!'我说:'好的,我就去游说吴、越两国国王,引西江的水前来解救你,行吗?'鲫鱼气愤地说:'如果我现在待在东海,我也不会找你要水喝。如果你非要去游说吴越的国王让他们派人引西江的水救我的话,那么我们只好在干鱼铺子的案板上相见了。'"

涸泽之蛇

池塘的水干枯了,水中的蛇要搬家。有一条小蛇对大蛇说:"你在前面走,我在后面跟着,人们就会认为我们只不过是一般的蛇过路罢了,必定会被杀掉,不如我们两口相衔,你把我背着走,人们见了就会认为我是神君。"于是,它们便用嘴相衔,大蛇把小蛇背着越过大路,人们看见了,都赶紧躲开,并且说:"这是神君!"

狡狐搏雉

狐狸捕捉野鸡时,一定会先趴下身子,耷拉着耳朵,用这种样子来迷惑野鸡,等待着它的到来。野鸡见状,就相信它而麻痹大意,狐狸便可伺机猛扑过去捕获野鸡。假如让狐狸竖直身子瞪大眼睛盯着野鸡,显露出随时捕杀的姿势,野鸡就会受到惊吓而远远地逃走了。人的伪装狡诈,可比禽兽还要凶狠得多啊!

适者生存

庄子带着他的学生到山间散步。他们远远地看见一棵参天大树下站立着一个樵夫。那个樵夫看了一下大树,然后扔掉斧头坐在地上休息。庄子问樵夫为什么不砍那棵大树。那人回答说:"这树没有什么用处。"庄子听了,对学生们说:"你们记住,就是因为没有用处,这棵树才能长得这么大,才能够继续活下去。"

庄子他们从山里走出来,住在老朋友家里。老朋友很高兴,要家童杀鹅烹煮。家童对主人说:"咱们那两只鹅,一只会叫,一只不会叫,请问杀哪一只?"主人说:"杀那只不会叫的吧!"

第二天,学生困惑地问庄子:"昨天,山里的大树,因为没有用处,能尽享天年;后来,主人家的那只不会叫的鹅,却因为没有用处而被处死。老师您说,要处在什么情况下才安全呢?"庄子笑着说:"做人和处事就应该在有用和无用之间斟酌。不过,处在有用与无用之间,还是一种人为的选择,不能顺乎自然。这样做,表面上似乎对了,实际上还是不对,还是不能从忧患中摆脱出来,难免受到连累。如果心中清静无为,顺应自然的观念,随波逐流,就不会这样了。那就可以做到:既没有人称赞,也没有人毁谤;有时是龙,飞腾在天;有时是蛇,深藏于地,随着时日一道变化,无所追求;有时向上,有时向下,与万物协调相处,同周围浑然一体。如果做到了这些,那么就成了一个彻底自由的人,天地间任我逍遥,乾坤中随我驰骋。外界事物对我而言是可有可无,而我是存在的。"

畏影恶迹

有一个年轻人,竟然莫名其妙地畏惧起自己的影子、厌恶起自己的脚印来。他飞快地跑着,想躲开它们。然而,他的脚步提得越快,脚印也就越多;他跑得越快,影子也似乎跟得越紧。他认为自己跑得太慢了,就更加卖力地跑,片刻也不肯休息,到后来,这个人终于耗尽力气累死了。

这个人想甩掉影子,却不知道站在阴处;想消灭脚印,又不知道静止不动,简直是蠢笨到了无可救药的地步。

鹤鸭易腿

有个农夫家里养了一只鹤和一只鸭。他看到鹤的腿很长,而鸭的腿却很短,感到很别扭。

他便拿来刀锯,把鹤的腿锯下一截,接在鸭的腿上。这样一来,鹤和鸭的腿便一样长了。

农夫认为自己做了一件好事。但没过多久,他养的鹤和鸭都死了。

望洋兴叹

河伯是黄河之神。他看到黄河之水滚滚而来,大浪滔天、气势雄壮,无数支流齐汇在一起,河面非常宽阔,隔岸望去,河面宽得看不清对岸的牛马。于是,河伯就洋洋自得起来,骄傲地认为自己非常了不起。

有一次,河伯顺着水流向东走去,一直来到北海,向东一望,一片辽阔的大海,看不见水的边际。面对辽阔无际的大海,河伯才意识到自己太渺小了。他仰望着海洋,发出了这样的感慨:"有的人懂得一点道理,就目空一切,认为自己了不起。我就是这种可笑的人。曾听说有人嫌孔子的学问太少,还有人瞧不起伯夷的大义。起初我对此还不太相信,今天我亲眼看到大海的浩瀚无边,才知道自己往日的见闻实在太浅陋啊。要是我不到这里来,我还会自以为了不起,那样的话,我将会永远受到明理之人的笑话啊!"

利斧削灰

古时候,在郢那个地方有一个人,干活的时候不留神鼻子上沾了苍蝇般大小的白灰,他便请石匠用斧子把白灰砍下来。

石匠挥起斧头,"飕"地一下子,正好把那人鼻子上的白灰完全砍去,一点也没有伤着鼻子。那人站在那儿从容自若,浑然无事。

周围的人看了,都感到不可思议。

后来,宋国国王听到了这件事,特地召石匠进宫,命令石匠表演用斧子砍石灰。石匠说:"大王啊,我的本领倒还没有丢掉,但我的那位朋友死了,没有人能再和我配合,我的本领是没办法显露了。"

扁鹊治病

蔡国有个著名的医生,名叫扁鹊。一天,他去见蔡桓公。扁鹊告诉蔡桓公说:

"大王,据我看来,你已经得了病。不过,不打紧,你的病在皮肤里,经过医治,便会好的。如果不医治,就会慢慢地重起来。"

桓公说:"我的身体很好,什么病也没有。"

扁鹊走后,桓公冷笑着说:"这些做医生的,大病医不了,只会医些没有病的人。医治没有病的人,才容易显示自己手段的高明!"

隔了十几天,扁鹊又去看桓公,再对桓公说:"你的病,现在已经在皮肤和肌肉之间,再不医治,慢慢地会更厉害的。"

桓公听了很不高兴,没有理睬他。扁鹊也就退了出来。

又过了十来天,扁鹊又去见桓公,说道:"你的病已经从肌肉到血脉里去了。"

桓公还是不睬他。

再隔十来天,扁鹊又去看桓公,告诉他说:"你的病,现在已经从血脉到肠胃了。再不医治,将更严重了。"

桓公听了十分不高兴,闷声不响。扁鹊又不得不退了出来。

又隔了十几天,扁鹊碰见了桓公,留神地看了他几眼,掉头就跑了。桓公觉得他这种举动很奇怪,特地派人去问他:

"扁鹊,你这次见了大王,为什么一声不响,掉转头就跑呢?"

扁鹊说:"一个人生了病,病在皮肤、血脉、肠胃的时候,都有办法可以医好,到了骨髓,就难治了。现在大王的病,已经入了骨髓,我还有什么法子医治呢?"

五天后,桓公遍体疼痛,派人去请扁鹊来给他治病。扁鹊早知道桓公一定要来请他的,几天前就跑到秦国去了。

愚人藏石

宋国有一个人在临淄捡到了一块石头。他以为这是一件宝贝,就急忙拿回家去,用丝绢包起来。里三层外三层地包了几十层,才把它放在皮匣子里。但他还不放心,在匣子外面又套上匣子,一连套了几十只。

有个懂得宝贝的人,听见这消息,到他家,请求看一看宝贝。

那宋国人为了慎重起见,事先就熏香沐浴,清心静气地修养了七天,然后穿上大礼服,恭恭敬敬地拿出匣子,取出那块石头来。

那个懂得宝贝的人看了想笑又不好意思笑,忍了很久才告诉他说:

"这只是一块石头,和瓦片一样不值钱!"

宋人心里很不高兴,认为那个懂得宝贝的人在骗他。他说:

"做生意的总是把别人的货色说得一钱不值;当医生的总会把病人的病情说得危险万分。还不就是想赚钱嘛。我可上不了这个当!"

他赶走那个懂得宝贝的人,重新里三层外三层把石头包了起来,小心翼翼地放到床底下收藏起来。

自相矛盾

楚国有一个卖兵器的人。他在大街上鼓吹自己的盾说:"我的盾非常坚固,没有什么东西可以刺穿它!"

接着,他又鼓吹他的矛说:"我的矛锋利极了,无论什么东西它都可以刺穿!"

有人问他:"那么,用你的矛来刺你的盾,会怎么样呢?"

他目瞪口呆地回答不上来,只好羞愧万分地走了。

不见眼毛

楚庄王准备出兵去攻打越国,庄子问他:"你为什么要去打越国呢?"

楚王回答说:"越王腐败无能,国力衰弱。"

庄子严肃地说:"在我看来,一个人的聪明智慧也和人的眼睛一样。眼睛能够看见百步以外的东西,却看不见自己的眼毛。大王,你自己好好想想,你的兵力到底比越国强多少?你以前出兵和秦国、晋国打仗,不但打败了,还丢了几百里地方,这不是兵力弱的缘故吗?庄屩是个大强盗,他在楚国作恶无数,而你的官吏老是装聋作哑,不去惩治他,这不是政治腐败的缘故吗?楚国政治的腐败、兵力的薄弱,比越国还厉害。你现在还要去打越国,这是很危险的,对楚国没有一点好处。"

楚庄王觉得庄子讲得很有道理,认识了自己国家的真实处境,不敢贸然出兵了。

一个人看别人的错处是很容易的,要看见自己的错处,却是很难的。

滥竽充数

齐宣王喜欢听吹竽,每次都命令几百人一齐吹竽给他听。南郭先生不会吹竽,也混在吹竽的行列里面,装模作样,似乎他也是个吹竽能手,吹完竽之后,他也同样能拿到很多赏钱。

齐宣王死后,齐湣王即位。

齐湣王同样喜欢听吹竽,但喜欢听独奏。

南郭先生得知这个情况,只好灰溜溜地走掉了。

盗贼觅理

有一个好吃懒做的人,经常去偷邻居家的鸡。有人劝诫他说:"你这样做会害了你自己的。"那个偷鸡的人说:"好吧,请允许我减少一点,每月只偷一只鸡,等到了明年再停止好了。"明知道自己错了,还要抬出这么多理由,这不是自欺欺人又是什么呢?

二子学棋

下棋作为一种技艺,不过是一种小技艺而已,如果不专心致志,那也学不好。弈秋是古代著名的下棋圣手,他的棋艺天下无人能比。

弈秋教授两个学生下棋。其中一人专心致志、一心一意地学习棋艺;另外一人虽然也同样坐在那里听讲,眼睛也在看着棋子,可是他对天上的飞鸟更有兴趣,所以老是记挂着在天空飞翔着的鸿雁甚至隐隐约约感觉着听到了它的叫声,常想着拿了弓箭去射鸿雁。这样,虽然两个人一块学习,但后者的成绩却不如前一个人。

后来,专心听讲的学生终成大器,而那个三心二意的学生什么也没有学会。

郑人买鞋

郑国有一个人,想买一双鞋子,事先依照自己的脚用尺子量好了尺码。他在集市的鞋摊上选好了一双新鞋,发现自己量好的尺码忘在家里了,便对卖鞋的人说:"哎呀,我把量好的尺码忘在家里了,我得回家去把它拿来。"

卖鞋的人问:"你为谁买鞋呀?"

郑人说:"为我自己买鞋啊!"

卖鞋的人说:"那么,你用脚试穿一下不就行了吗?何必回家去拿量好的尺码呢?"

郑人说:"你别说了,我只相信尺码。"

郑人飞快地往家里赶,拿了尺码也不停留,又飞快地往集市里赶。但集市早已散了,他没有买到鞋子。

智子疑邻

宋国有一个财主。有一天下起了大雨,把他家的院墙冲垮了。

他的儿子说:"不能再耽搁了,赶快把这院墙修好,不然,贼会进来偷东西的。"

邻居的一位老人也这样说:"得赶快修好院墙,不然,贼会进来的。"

第二天,财主家果然失窃了。

那个人认为他儿子料事如神,但却怀疑小偷就是曾经劝告过他的老人。

赵襄子学御

古时候,有一个叫赵襄子的人向最善于驾车的王子期学习驾驭车马。学了一段时间,他跟王子期赛起马来。赵襄子几次换马,都胜不了王子期。

赵襄子说:"你教我驾车,没有把真本事全传给我吧?"

王子期回答说:"本事都教给您了呀!倒是您使用得不对头啊!凡是

驾驶车马，特别需要注重的是使马在车辕里更舒适，人的心意要跟马的动作协调，这样才可以加快速度，达到目的。可是刚才您一落后，就想赶上我；一领先，又生怕被我赶上。其实，驾车赛跑时，不是跑在前面就是掉在后面。而您不管是跑在前面，还是掉在后面，都总是把心事用在和我比赛快慢输赢上，这样哪里还有心思去驾驭啊？这就是您为什么会落后的原因了。"

纣为象箸

商纣王命令手下把珍贵的象牙制成食筷，箕子见了惶恐不安。他说："象牙筷子不能用来在瓷盆中夹东西吃，一定要用上等犀角和美玉制成的杯盘；一旦使用象牙筷子和犀玉杯盘，就不会再吃五谷杂粮，吃的肯定是旄牛、象、豹的胎仔了；桌上摆着山珍海味，就不会在茅屋下面穿着粗布衣服吃吃喝喝了，就必须配上里外三新的锦衣绣裳，再就是要住上宽敞的房子、登上高耸的楼台。我为大王奢侈的开始而感到惶恐不安，害怕大王会有不好的结局发生。"

箕子的话果然得到了验证。后来，商纣王下令建肉林、设酒池，还修筑了奢华的鹿台，极度的奢华导致了商王朝的迅速败亡。

网开三面

夏朝末年，中原地区的诸侯商汤发现手下的人在围捕猎物时在四下里都布下罗网并且向神明祷告说："从天上飞下来的、从地底钻出来的、从四面八方跑来的，都撞到我的网里来啊！"商汤说："咦！这是一网打尽啊！除了残暴的夏桀，谁能做出这样的事情呢？"商汤便下令收去了三面的网，只在一个方面布置了罗网，并叫那人改变祷词说："过去，蜘蛛用脚织出了网,现在人们也学会了织网。你们这些鸟兽,想往左边的就往左走开,想往右边的就往右走开,想高飞的便高飞,想钻洞的便钻洞,我仅仅捕捉那些命里注定该死的啊!"

汉水以南的各国诸侯听了,都说:"商汤的恩德已经施舍到了禽兽身上,真是个仁慈的人啊!"于是,很多诸侯国都归顺了商汤。

一鸣惊人

楚庄王当了三年君王没有做出政绩,整日无所事事,不理朝政。一位名叫成公贾的臣子看到这种情况,便进王宫去规劝他。楚庄王说:"我说过不接见规劝的人,现在您为什么要来规劝我呢?"成公贾回答:"我不敢来规劝您,只是想讲故事给你听。"庄王说:"讲什么故事啊?"成公贾说:"有这样一只鸟,它停在南方的山上,有三年时间没有动、没有飞也没有鸣叫。请问大王,这是一只什么鸟啊?"楚庄王猜中了,回答说:"这只鸟停在南方的山上,它三年不动,是用来坚定自己的思想和意志;它三年不飞,是用来丰满自己的翅膀;它三年不叫,是用来观察人们的表现。这只鸟虽然没有飞,可是一飞就会冲天;虽然没有叫,可是一叫就会使人震惊。你出去吧!我已经知道你想告诉我什么了。"第二天,楚庄王接见群臣,任人唯才、励精图治、广开言路、赏罚分明。没过两年,楚国的国力便可以和秦国匹敌了。

缚狗取鼠

齐国有个人,能够分辨出狗的好坏。他的邻居委托他买一条会捉老鼠的狗。花了整整一年光景,才买来一条这样的狗,他告诉邻居说:"这是一条很好的狗。"

他的邻居养了这条狗好几年,但是它却从来不去捉老鼠。邻居便把这情况告诉那个人,那个人说:"它本来是一条很好的猎狗。它想捉的是那獐、麋、野猪和鹿,而不是老鼠。你一定要叫它捉老鼠,就必须把它的腿脚捆绑起来。"

邻居便把狗的腿脚绑了起来。从此,这只狗见到老鼠就捉,咬死了很多老鼠,为这家人灭绝了鼠患。

唇亡齿寒

虞国地处晋国和虢国之间。晋国要去攻打虢国,欲向虞国借路通过,担心虞国不会答应。

晋国的臣子荀息向晋国公献计说:"你如果肯把那块垂棘的玉石和那匹屈产的马送给虞国公,向他借路,他一定会答应的。"

晋国公说:"垂棘的玉石是我祖传的宝贝;屈产的那匹马,是我最好的一匹马。如果虞国收了这两件东西,又不肯借路给我们,那时候怎么办?"

荀息说:"他如果不答应借路,一定不敢随便收下我们的礼物;如果收了,那一定是答应借路了。他收下了也没关系。那块玉石和那匹骏马,只是暂时属于他们罢了,最后还是会归还我们的。把玉石放在虞国,只不过是把它从内室移到外室;把马送给虞国,也只不过把马从这个马圈关到那个马圈里去罢了。要把玉石和骏马拿回来,易如反掌!"

晋国公采纳了荀息的计策,把礼物送去给虞国,然后向虞国借路。虞国公得了宝石和骏马,立刻答应了晋国的要求。

虞国公的臣子宫之奇站出来劝虞国公:"这样做是危险的!虢国是我们的邻邦,和我们的关系像嘴唇和牙齿一样,互相关联着。如果借路给晋国去攻打虢国,虢国灭亡了,我们虞国还能够保全吗?不要答应借路给晋国!"

虞国公并没有采纳宫之奇的意见。

晋军势不可挡,一举消灭了虢国。过了三年,晋国果然又兴兵灭了虞国。荀息把从前送给虞国公的宝石、骏马都拿回了晋国。

晋国公连声称赞荀息料事如神,感叹道:"虞国和虢国都是小国,他们只有联合起来、团结一致,别国才不敢冒犯他们。真是唇亡齿寒啊!"

耕田济猎

齐国有个人,喜欢打猎。

有一次,他守候了很长时间也没有打到一只猎物。回到家里,感到对不起妻子儿女;走出家门,感到对不起朋友乡邻。寻根究底,他没有收获的原因是猎狗太不中用。于是,他决定买一只好一些的猎狗。但又因家境十分拮据,拿不出钱来。于是,他拼命种田,使家境渐渐富裕了起来。家境富裕了,也就有钱挑选购买好的猎狗了。猎狗好了,便每次打猎都能捕获到猎物。以前打不到猎物,别的人嘲笑他;而现在,那些先前嘲笑他的人都变得羡慕起他来了。

直躬不受诛

楚国有个所谓的"善辩之人"。有一次,他的父亲偷了羊,他向官府揭发了。官府抓住了他父亲,准备惩办,这个"善辩之人"请求代替他父亲受罚。就要施刑时,他却向官府申诉说:"父亲偷羊我揭发,我对官府不是无比忠诚吗?父亲将要受到惩罚,我请求去代替他,我对父亲不是无比孝顺吗?我又忠又孝,却遭到惩罚,举国上下还能有不被惩罚的人吗?"楚王知道了这件事,认为他讲得有道理便免去了对他的惩罚。

孔子知道了这件事,感慨万分地说:"多么奇特啊!这直躬吹嘘的所谓忠孝!借着父亲的一件事,两次骗取虚名。这样的人实在太虚伪了啊!"

守株待兔

有个宋国的农夫在田里耕作,突然间有只兔子飞奔而来,竟撞在田间的一株大树上,折断了脖子倒地而死。这个农夫轻而易举地拣到了这只兔子。从此,这个农夫不再耕田,成天守在树旁,一门心思地想再次拣到兔子。

兔子是不可能再次碰巧得到了,而他自己却因为这种愚蠢的行为在全国被传为笑谈。

买椟还珠

有个楚国人,到郑国出卖他的宝珠。他用名贵的木兰木做了一个盒子,用香料熏烤它,用各种玉石镶嵌装饰它、用五光十色的翡翠羽毛衬托它,再把宝珠放在这瑰丽的盒子里。有个郑国人买下了盒子,然后把装在里面的宝珠退还给卖主。结果,那个楚国人卖出去的只是装宝珠的盒子而不是那颗珍贵的宝珠。

那个郑国人的行为真是傻到了极点。

延陵杀马

从前,有一个叫延陵卓子的人有一辆豪华的马车,车身上装饰着野鸡羽毛一样的花纹。驾车的马身长八尺,浑身青苍颜色;马嘴上套着交错的笼头、嚼口;马屁股上高悬着锋利的带刺的马鞭。马要前进,延陵卓子就紧紧勒住那带嚼口的笼头,叫它不能前进半步;马要后退,延陵卓子就用带刺的马鞭猛抽,使它不能倒退一寸。可怜那马前不能进,后不能退,不知道该怎么办才好,只得向旁边逃奔。这延陵卓子怒气冲天,飞身下车,手起刀落,一刀砍断了马脚。驯马高手造父恰巧看到了延陵卓子砍马的情景,当时就泪如雨下,替那无辜的马伤心。

黄公谦卑

齐国有个叫黄公的人,为人以谦虚著称,但他时常会过度谦虚而让人感到很不舒服。

黄公有两个女儿都长得非常美丽。可是黄公却常常用谦卑的词语贬低她们,把她们的美貌说得十分丑陋。于是,黄公女儿丑陋的说法越传越远,结果是两位姑娘早过了结婚的年龄,竟没有一个人前来提婚。

卫国有个男人,年纪不小了尚未成家,他鼓足勇气向黄公的长女求婚。娶回家一看,令他大喜过望,传说中十分丑陋的妻子竟是一个绝色美人。后来他逢人便说:"黄公太过谦虚,故意贬低女儿的容貌。现在看来,黄公的小女肯定也很漂亮。"于是,许多人都争着下礼订婚。而黄公的小女儿果真美若天仙。

恶名拒客

有个住在大路旁的老人,给他的童仆起的名字叫"善搏"(会打架),给他的狗起的名字叫"善噬"(会咬人)。就因这个原因,客人们由于怕被他的童仆殴打、怕被他的狗咬而不敢再到他的家里去做客了。

看到朋友们很长时间不登自己的家门,老人觉得十分奇怪,便问他们为什么好久不和自己来往。大家便把原因告诉了他。于是,老人赶忙把童仆和狗改成较吉利的名字,客人们这才消除了顾虑,重新上门拜访他。

雉当凤凰

楚国有个人挑着一只山鸡。一个过路人问他:"这是什么鸟啊?"挑山鸡的人骗他说:"凤凰。"过路人说:"我只听说过凤凰,今天恰好见到了。你愿意卖掉它吗?"挑山鸡的人说:"有钱当然愿意卖了。"给他十金,那人不卖,添了一倍价钱,他便肯卖了。

那个人买了山鸡本想献给楚王。谁知过了一夜,那山鸡竟然出乎意料地死了。买鸟的人顾不上痛惜金钱,只恨不能将"凤凰"献给楚王。这件事情传扬开来,人们都很敬佩那个人对楚王的忠心,也都相信那死去的是一只真正的凤凰。有人把这件事报告给了楚王。楚王被那个人的忠心所感动,便召见了他,并给予了重重的赏赐,赏赐的钱数超过了买鸟价钱的十倍。

画鬼最易

有一个画家为齐王充当画师。

齐王问他:"你是画师,知道什么东西难画吧?"

"画狗、画马,都是相当困难的。"画家答道。

齐王又问:"画什么最容易呢?"

画家道:"画鬼是最容易的。因为狗和马人人看得见,天天摆在面前,要画得惟妙惟肖,就很不容易。至于鬼呢,无影无形,谁也没有见过,都不清楚它的长像到底怎样,那就随我怎样想就可以怎样画,谁也不能证明这鬼画得像还是不像,所以画鬼最为容易。"

三人成虎

魏王指令庞葱陪太子到赵国的京城邯郸去做人质。临行前,庞葱对魏王说:"假如现在有人说街上有老虎,大王相信不相信呢?"

魏王说:"不信。"

庞葱又说:"如果有两个人说街上有虎,大王相信不相信呢?"

魏王说:"我疑惑了。"

庞葱再说:"如果有三个人说街上有虎,大王相信不相信呢?"

魏王说:"这我就相信了。"

庞葱说:"街上明明没有老虎,然而因为有三个人说有老虎,你就相信有老虎了。现在从赵国的京城邯郸到魏国的京城大梁比这里到街市上远得多啊,若说我坏话的人超过了三个,恳请大王不要轻信,而要仔细分辨真伪啊!"

魏王说:"我自己知道该怎么办,不会随便相信人言的。"

随后,庞葱向魏王辞行,陪太子到邯郸去做人质。然而人刚刚走,向魏王进谗言的人就来了。后来,太子被放回来了,而魏王却再也没有召见过庞葱。

愚公移山

太行山和王屋山是两座大山。这两座大山山高峰险,横亘七百余里。

山北有个老翁叫愚公,快九十岁了,他的家正面对着这两座大山,道路被大山阻隔,走路要兜很大圈子,令愚公一家很烦恼。

愚公召集全家大小,说:"这两座大山堵住我们的去路,出入不便,我们大家一起出力搬掉这两座大山,好吗?"

大家都举手同意。只有愚公的妻子提出一个疑问:"凭你们这点力气,连个小山丘也铲不平,怎么能搬掉这两座大山呢?再说挖出来的那些泥土和石块往哪儿倒呢?"

大家都说:"挖出来的泥土、石块就往渤海滩上倒吧!"

第二天,愚公便带着子孙们动手挖起山来。邻居寡妇的一个孩子,才七八岁,也蹦蹦跳跳地跑来帮忙。大家挖土的挖土、凿石的凿石,挖出来的土块和石头用畚箕运到渤海滩去。来来往往,大家干得热火朝天,一年四季很少回家。

黄河边上有个聪明的老头儿,名叫智叟。他看了这情景,劝告愚公说:"你太不聪明了,已经这么大年纪了,连山上的草木都很难除掉,怎么能搬掉这两座大山呢?"

愚公叹了口气,回答说:"你怎么还是那样不肯动一下脑筋呢?我看你还不如那寡妇的小孩。只要我们有决心,怎么搬不掉这两座大山呢?我虽然年纪大了,但我死了,还有儿子,儿子又生孙子,孙子再添儿子,子子孙孙无穷无尽,一代传一代;而这两座大山,只会一天一天地少下去,再不会增高了。区区两座大山有什么值得畏惧的呢?"

智叟被说得哑口无言。

山神听了愚公的这番话,怕他挖山不止,就向天帝报告。天帝被愚公的毅力和精神感动了,命令天将帮愚公把太行山和王屋山搬走,一座放在朔州的东部,一座放在雍州的南部。从此以后,冀州和汉水以南,再也没有高山阻塞道路了。

小儿辩日

孔子到东方去游玩,路上遇到两个小孩子在争论。孔子问他们争论什么。

一个小孩说:"我认为太阳刚出来时离我们比较近,而到了中午,太阳就离我们远了。"另一个小孩却认为太阳刚出来时离我们远,而中午离我们近。

前一个小孩说:"太阳刚出来时像车上的篷盖那样大,到了中午,就只有盘子、碗口那么大了,这难道不是远的显得小、近的显得大吗?"

另一个小孩说:"太阳刚出来时还凉飕飕的,到了中午,就像开了锅的水一样,这难道不是近的感觉热、远的感觉凉吗?"

孔子听了之后,不能判断谁是谁非。两个小孩笑着说:"你说谁的知识最丰富呢?"

阿豺折箭

吐谷浑族的首领阿豺有二十个儿子,阿豺对他的儿子们说:"你们每个人给我献上一支箭来。"二十个儿子每人献上一支箭,他接过箭,放在了地下。过了一会儿,他的同胞弟弟慕利延来了。阿豺就对慕利延说:"你拿一支箭去折断它。"慕利延照办了。阿豺又指着剩下的十九支箭说:"你把这十九支箭同时折断。"慕利延没有办法折断。

阿豺于是对他的弟弟和儿子们说:"你们都看见了吗? 一支箭容易折,许多箭合在一块,你就没法折断。这说明只要你们大家同心协力,那么,我们的国家就一定牢不可破。"

笼鸟减食

养鸟的人捕了许多鸟,关在鸟笼里,天天观察,喂给食物。鸟尾巴的毛长长了,随时给它剪短;每天挑出肥的来,送到厨房做菜肴。

其中有一只鸟,在笼子里思忖着:"要是我吃多了,一长肥就得去送死;要是不吃,也得活活饿死。我应该自己计算食量。少吃一些,既能少长肉,又能使羽毛长得光滑,然后从笼子里逃出去。"

它按自己的想法,减少食量,结果身子又瘦又小,羽毛又光滑,终于找机会逃出了鸟笼。

许由出逃

唐尧要把管理天下的重任让给一个叫许由的贤士。许由不愿意接受这个重任而出逃了,住在一家平民百姓的家里。那户人家的主人怀疑许由会偷窃东西,便藏起了自己的皮帽子。

许由能够抛弃权势隐居,甘愿过平凡的生活,而那户人家的主人却藏起自己的帽子,实在是太不理解许由了。

鲁人徙越

鲁国有一个人很会打草鞋,他的妻子很会织白绸。后来,两口子想搬到越国去住。

有人告诉他说:"你到越国去必定会变穷。"

那个鲁国人问:"为什么呢?"

这个人回答说:"做鞋是为了给人穿的呀,但是越国人却习惯于赤脚走路;织白绸子是做帽子用的,但是越国人却喜欢披散着头发不戴帽子。以你们的专长,跑到用不着你们的国家里去,要想不穷困,才怪呢!"

卫人嫁女

卫国有个人,在他的女儿出嫁时教训她说:"到了婆家,一定要多积攒私房钱,做人家的媳妇被遗弃回娘家,是常有的事。要想不被遗弃,夫妻白头偕老,是很难办到的。"

他的女儿到了婆家后,果然拼命积攒私房钱。婆婆嫌她私心太重,于是把她赶回了娘家。这个女儿带回的钱财比出嫁时带去的嫁妆还要多出一倍。这位父亲非但不责怪自己教女不当,反而觉得女儿聪明,认为这样可以为家中增加钱财,使家里过得更为富裕。

如今做官的人当中那种贪赃枉法聚敛钱财的,正是和这个贪心父亲的行径一般无二的呀!

次非斩蛟

楚国有个叫次非的人,在吴地干遂得到了一柄宝剑。返回楚国过江时,船到江中,忽然有两条蛟从两边缠住这只船不放。次非对船夫说:"您在江上多年,曾经见到两条蛟缠住船而船上的人能够活下去的吗?"船夫说:"没有见到过。"次非听了,便甩掉外衣,捋起袖子,拔出宝剑说:"这两条蛟也不过是江中的一堆要腐烂了的骨肉,没有什么好畏惧的!为了保护大家的安全,我死又何憾?"于是,跳到江中用剑斩断了那两条蛟,然后平安回到船上。船上的人都很感激他。

画蛇添足

楚国有个贵族举行祭祀,为了感谢那些帮他做事的人,他拿出了一壶酒。这些人议论说:

"人多酒少,应该想一个办法吧?"

后来商定每个人都在地上画一条蛇,谁先画好谁就喝这壶酒。

有一个人最先画完,拿过酒壶。他看别人还没画好,便说:"我还可以给蛇添上几只脚呢!"

就在他给蛇添足的时候,另一个人已经把蛇画完了,便夺过他手里的酒壶说:"蛇本来没有脚,你怎么能给它添上脚呢?"说完便拿起酒壶来喝。

鹬蚌相争

河滩上有一只河蚌张开了蚌壳正舒舒服服地晒太阳。一只鹬飞来,用它那尖尖的鸟喙去啄河蚌的肉。河蚌立即把壳合拢,紧紧地夹住了鹬的长嘴。

鹬说:"今天不下雨,明天不下雨,你就成了死蚌!"

河蚌也对鹬说:"我今天不放你,明天不放你,你就成了死鹬!"

就在河蚌和鹬僵持不下的时候,有一个渔翁走过来看见了,便笑着把它们一起捉走了。

伯乐识骥

有一匹老马已经很衰弱了,拉着盐车在大路上汗流浃背,艰难地行走,四肢伸得直直的,膝盖老是打战,嘴角吐着白沫。上坡的时候,进一步,退两步,真是寸步难行。

这时候,伯乐正乘车从这里经过,看见了这匹老马,忙跳下车来,抚摸着它的身体,放声痛哭起来:"这是一匹千里马呀,竟被用来拉盐车,把它折磨得如此模样!"

伯乐脱下自己的衣服,盖在千里马身上。

千里马低下头,喷了一口气,又高高地仰起头长嘶一声,声音嘹亮,响彻云天。

伯乐长叹道:"咱俩虽然有缘相见,但你却已老得不能行走了啊!"

截长补短

庄辛对楚襄王说:"大王的左边有宠臣州侯,右边有夏侯,车驾后面跟着的是鄢陵君和寿陵君。一味穷侈极乐、荒淫无度,不理朝政,楚国就会危在旦夕。"

襄王说:"先生是老糊涂了吧?怎么说起楚国的吉凶和王者的善恶来了呢?"

庄辛说:"在为臣的看来,确实会是这样的啊!并非是我故意说楚国不吉祥的话。大王如果始终宠爱这四个小人,那么楚国就非亡不可,为臣的请求大王让我到赵国去回避一下,让我待在那里看结果吧。"

庄辛到赵国不到五个月,秦国果然一举攻下楚国的鄢、郢、巫、上蔡、陈这几个地方,襄王自己也逃到齐国的阳城避难去了。这时,襄王派人驾车到赵国去召庄辛回来,庄辛就乘车回来了。

庄辛回来后,襄王就说:"我没有听先生的话,如今造成这样的惨局,你看怎么办为好呢?"

庄辛回答道:"为臣的曾经听过这样的俗话,'见到兔子才以目示意而指使猎犬,并不算晚;失掉了羊而修补羊圈,也未为迟。'为臣的曾经听说商汤、周武王都是以百里之地而兴旺发达起来的,夏桀王、商纣王虽然占有整个天下,结果都以荒淫残暴而自取灭亡。今天,楚国虽然小了,但截长补短还有几千里,岂止是一百里啊!"

螳臂挡车

齐庄公乘车出外去狩猎,有一只螳螂举起臂,想凭它的臂力挡住车轮。

齐庄公问:"这是什么虫子?"

车夫回答道:"这是一只螳螂。这种虫子只知道前进,不知道退却,它不自量力,经常吃亏。"

齐庄公说:"它如果是人的话,一定是天下最勇敢的人了。"

于是,齐庄公叫车夫倒转车轮,绕开了螳螂。

但是,那只螳螂不知好歹,又蹦到齐庄公的车前继续挡道。

最后,它死在了车轮下边。

百发百中

楚国人养由基是一个神箭手,远近闻名。他站在离柳树百步远的地方射柳叶,百发百中。围观的人都拍手叫好。

有个过路人说:"你射箭的基础的确很好,可以接受射箭的教育了。"

养由基说:"大家都说我射箭的技术很高明,你却说可以接受射箭教育,你为什么不射射柳叶看看呀?"

那人回答说:"我不能够教你左手怎样挽弓、右手怎样搭箭,但我懂得一个道理——你虽然百步射柳,连发连中,但如果不懂得养精蓄锐、保持体力的话,要不了多久,就会筋疲力尽,弓不正、箭偏斜,一发也射不中,只好前功尽弃了。"

亡羊补牢

古时候有一个人,养了几只羊。一天早上,他去放羊,发现少了一只。原来羊圈破了个窟窿,晚上,狼钻进窟窿把羊叼走了。

邻居劝告他说:"赶快把羊圈修一修,堵上那个窟窿吧。"

他说:"羊已经丢了,还修羊圈干什么呢?"他没有接受邻居的劝告。

第二天早上,他又去放羊,发现又少了一只。原来狼又从窟窿里钻进

来把羊叼走了。

养羊人后悔没有听邻居的劝告,不敢怠慢,赶快地把羊圈修补好了。

从此,他的羊再也没有丢失过。

猫头鹰搬家

猫头鹰想搬家,正收拾东西,飞来了一只斑鸠。

斑鸠问:"你要到哪儿去?"

猫头鹰回答说:"我要搬到东方去。"

斑鸠又问:"为什么要搬家?"

猫头鹰说:"因为这里的人们都厌恶我的叫声,所以我想搬到东方去。"

斑鸠说:"假如你还不改变你那令人讨厌的叫声,即使搬到东方去,那里的人也照样会厌恶你的叫声的。"

大鱼上钩

卫国有一个名叫子思的人。一天,他看见一个卫国人在黄河里钓到一条特别大的鱼,大得连车都装不下。

子思问那个钓鱼人:"这样大的鱼是很难钓到的,你是怎么钓上来的?"

那人回答说:"我开始下钩的时候,是用一条小鱼作钓饵,大鱼游过时,连看都不看一眼,摇头摆尾地就游过去了。后来,我换上一大块肉作钓饵,大鱼游过来,立即吞下了钩,就这样被我钓上来了。"

子思听了,感叹地说:"大鱼难钓,却禁不住大块肉的引诱。有些人很有才学,但因为贪图荣华富贵而使自己身败名裂啊!"

邹忌照镜

齐国相国邹忌长得五官端正,英俊潇洒,远近闻名。

一天,他一面照镜子,一面问他的妻子:"我与城北徐公相比,哪一个漂亮?"

他的妻子说:"你比徐公漂亮十倍呢!"

城北徐公是齐国有名的美男子,邹忌不相信自己比徐公漂亮,又问他的小妾:"我与徐公相比,哪一个漂亮?"

小妾说:"徐公怎么比得上您呢?"

第二天,有个客人拜访邹忌,邹忌和他攀谈一会儿后,问客人:"我与徐公相比,哪一个漂亮?"

客人说:"徐公不如您英俊。"

又过了一天,徐公来拜访邹忌,邹忌仔细打量徐公,自认为比不上徐公,又悄悄地对着镜子仔细地照看自己,更觉得自己远远不及徐公英俊。

"我不及徐公英俊,为什么他们都说我比徐公英俊呢?"

夜晚睡觉的时候,邹忌左思右想,终于想清楚了其中的道理:"妻子说我英俊,是偏爱我;小妾说我美,是因为害怕我;客人说我美,是因为有求于我。"

一卵家当

街市上有个人十分贫穷,吃了早饭顾不到晚饭。有一天,他偶然拾到了一个鸡蛋,高高兴兴地告诉他的妻子说:

"我有了家产了!"

妻子问他道:"家产在哪里呢?"

这个人就把鸡蛋拿给她看,并说:"这就是我的家产。不过得花十年的功夫,家产才能办成。"他和妻子谋划着说:"我先拿这个鸡蛋借邻居的母鸡来孵小鸡,等小鸡长大后,便挑一只小母鸡回来,小母鸡长大后生蛋,一个月以生十五个蛋计算,即可孵十五只小鸡。一年之内,鸡生蛋,蛋生鸡,可得鸡三百只,拿这三百只鸡就可以换到十金。用这十金换五头母牛,母牛又生母牛,三年可以得到二十五头母牛,这二十五头母牛又生小牛,三年就可以得到一百五十头牛,可以换到三百金了。我再拿这三百金放债,三年连本带利就可滚到五百金。用其三分之二添置田产住宅,三分之一买童仆和小老婆,我便可和你一起舒舒服服地度过晚年,这不是很惬意的事吗?"

妻子听说他要买小老婆,勃然大怒,便把他手中的鸡蛋打碎了,还狠狠地说:"绝不留下这个祸根!"

这个人大发脾气,把妻子痛打了一顿,还拉她到官府去,向官府控告她说:"毁掉我家产的,就是这个恶女人,请把她杀了吧!"

审判官问道:"你的家产在哪里? 她又是怎样将它毁掉的呢?"

这个人便从自己拾到一个鸡蛋,到如何讨小老婆的故事,从头到尾讲了一遍。

审判官听了说道:"这么大的家产,一下就被这个恶女人砸掉了,真是该杀!"便立即命令把这个人的妻子下油锅。

这个人的妻子号啕大哭,说:"我丈夫所说的,都是一些没有办成的事,为什么要把我下油锅呢?"

审判官说:"你丈夫说讨小老婆,也不是事实呀,你为什么就妒忌起来了呢?"

这个人的妻子说:"本来是这样,可是我想早点把这个祸根除掉呀!"审判官听后笑了一笑,便把她释放了。

唉,这个人如此想发财,是因为贪心太重,而这个人的妻子之所以要毁掉鸡蛋,则是因为她的嫉妒心太强。总之,所有这一切,都只不过是一场胡思乱想罢了。知道这是胡思乱想,就会心境淡泊、没有嗜好、胸怀狭小、无意进取。就是现在一切也都属于梦幻,何况未来呢?啊!世界上这种想入非非,贪图捞取无所指望的东西,岂止这个从一个鸡蛋来谋算家产的人呢?

歧路亡羊

有一天,杨子的一家邻居丢失了一只羊。邻居已经请出了所有的亲属去追寻,又去请杨子家的童仆一起帮忙找羊。杨子知道了这件事,叹口气说:"唉,只跑掉一只羊,为什么弄了这么多的人去追寻?"

邻居回答说:"岔路太多了,所以追的人也就该多一些!"

没过多久,找羊的人都回来了。杨子问他的邻居:"你家的羊,找到了吗?"

邻居丧气地摇摇头,说:"还是没有找到。"

杨子又问:"怎么会让它跑掉了呢?"

邻居回答说:"岔路太多,岔路上又有岔路。不知道它到底跑往哪一条路上去了。找羊的人没办法,只得回来了!"

杨子听得瞠目结舌,沉默了好久,整天不露笑容。他的学生便问他:"走失了一只羊,又不是大事,而且也不是你的,为什么这么闷闷不乐呢?"

杨子说:"我当然不是为了这件事而不快乐,而是我想到了我们的学习。如果我们求学的人,也是东抓一把、西抓一把,不肯专心学习,也会像在岔路上寻羊一样,最后什么也得不到。"

黔驴技穷

从前,贵州是没有驴子的。有一个商人买了一头驴子回到贵州,一时之间派不上什么用场,便把它拴在山脚下。一天,一只老虎来了,看见驴子长得高高大大,以为是个怪物,不敢走近它,便小心翼翼地躲在树丛里偷看,始终搞不清驴子是个什么东西。

老虎正在打量着驴子。驴子突然大声吼叫起来,老虎吓了一跳,以为驴子要吃它,便远远地逃开了。

过了一会儿,没有看见驴子追来,老虎再转回去仔细观看,没有发现驴子有什么特别的本领。

于是,老虎在驴子的前后转来转去,可是还不敢和驴子搏斗。

后来,老虎壮着胆子上前挑衅。驴子被激怒了,用后蹄子去踢老虎。这时候,老虎心中暗喜:"原来它只有这么一招儿!"

老虎再也不怕驴子了,大吼一声,吓倒了驴子,扑上前去,吃掉了驴子。

杞人忧天

古时候,有一个杞国人,整天忧虑有朝一日会天塌地陷,自己无处安身。他愁苦焦虑得吃不下饭、睡不着觉。另有一个人,见他如此忧虑,倒为他担起心来,便去开导他说:"天是积气而成的,漫无边际的大气,没有什么地方没有它。你整天生活在大气中,顺其自然、呼吸顺畅,为什么要忧虑它会倒塌呢?"

这个人不相信地问:"如果天真是大气,那么日月星辰不都要掉下来了吗?"

开导他的人说:"日月星辰,不过是大气中光辉闪耀的一部分罢了,即使掉下来,也不会对人们有什么伤害的。"

这个杞国人觉得有道理,但还是担心地会塌陷,于是又问:"那地陷了怎么办呢?"

开导的人说:"地是堆积而成的宽阔无垠的石块、泥土,它充斥四方,整个地域没有哪个地方没有泥土。你整天活动在广阔的土地上,随意走路、蹦跳,为什么忧虑它会塌陷呢?"

杞人听了,这才高兴地放下心来。开导的人,见他解除了忧虑,也高兴地放了心。

赵简子放生

邯郸的平民百姓在大年初一那天向朝中大臣赵简子进献了很多斑鸠。赵简子非常高兴,重重地赏赐了他们,然后又把斑鸠放了。

门客问他为什么要这样做,赵简子说:"大年初一放生,表示我对生灵有仁慈之心嘛。"门客说:"全国的老百姓假如知道您要拿斑鸠放生,都会争着去捕捉斑鸠,那被打死打伤的斑鸠一定很多啊!您如果真想救斑鸠一命,不如下令禁止捕捉。像现在,您奖励老百姓捕捉了送给您,您再放生,那么,您对斑鸠的仁慈还不能抵偿您给它们带来的灾难呢!"

赵简子点头,认为门客讲得大有道理,便下令禁止捕捉斑鸠。

东郭先生和狼

赵简子到中山一带进行大规模地打猎,管山泽的官吏在前面当向导,猎鹰猎犬成群结队地紧跟在后面。惊飞的鸟雀和凶猛的野兽,随着弓弦的响声而毙命的多得数不清。

有一只狼正拦在路当中,像人一样站着嚎叫。赵简子轻快地从车上站起来,拉弓射箭,一箭射中狼的身子,狼禁不住惨叫着逃走了。赵简子很是生气,驱车追狼,扬起的尘土遮蔽了天空,脚步声像打雷一样,十步以外,分不清人和马。

正在这时候,墨家学派的东郭先生,将要到北方中山去谋求官职。他用鞭子赶着跛脚驴子,用口袋装着图书,清早赶路迷失了方向,远望着这飞扬的尘土,吓得心惊肉跳。那只狼突然跑来了,伸着脖子看着他说:"先生,您大概有拯救天下万物的志向吧?以前毛宝因为放走乌龟,得救上岸;隋侯因救蛇,得到名贵的珠子,龟蛇本来就比不上狼灵异。您遇到今天这样的事情,为什么不让我赶快躲进口袋里去,暂且延长一下我垂危的生命呢?假若将来有朝一日我能出人头地,先生的恩德,等于使人复活、使枯骨长肉一样,我怎敢不竭力效法龟蛇那样的诚心呢?"东郭先生说:"唉,为了包庇你这只狼而去得罪世代做官的人,触犯有权有势的人,我会遇到什么灾祸还不能预料,怎么会期望你的报答呢?然而按照墨家的主张,兼爱是根本,我总会设法使您活下去的,即使遭到灾祸也定然不会推辞的。"于是,东郭先生拿出图书,腾空口袋,慢慢地把狼装进口袋去,既怕踩伤了狼颔下的垂肉,又怕压着狼的尾巴,多次装狼都没有成功,正在迟疑反复、犹豫不决之时,追赶的人更加逼近了。狼恳求东郭先生说:"事情紧急,希望先生赶快想办法吧!"于是狼蜷曲起四条腿,让东郭先生拿来绳子把它捆上,又把头低下去凑到尾巴上,弓着脊梁、遮着垂肉,像刺猬一样缩起来,像尺蠖一样弓起来,像蛇一样盘着,像乌龟休息一样缩在壳里,任凭东郭先生摆布。东郭先生按照狼的意图,把狼装进口袋,于是扎紧口袋,用肩扛起放在驴背上,退避到路旁,等待赵简子的人马过去。

不一会儿,赵简子来了,没找到受伤的狼,十分生气,拔剑斩断车辕的一头给东郭先生看,并大声骂道:"胆敢隐瞒不揭发狼逃跑的方向的,下场就跟这车辕一样!"东郭先生趴在地上,爬到赵简子跟前,挺直身子跪着说:"我这个粗鄙的人虽然没有什么才能,但还是打算在世上做一番事业。我要到很远的地方去,然而又迷失了方向,我怎么能发现狼的踪迹,来指示您的鹰犬去捉它呢?可是,我曾经听到过这样一件事,大路上因为岔路多,容易丢失羊。至于羊,一个小孩子本来就可以制服,它是那样驯服,但是由于岔路多尚且要丢失,而狼是不能和羊相比的,何况中山一带容易丢失羊的岔路又多得数不清,您仅仅顺着大路去找它,这跟守株待兔、缘木求鱼不是差不多吗?而且,我虽然愚昧,难道连狼都不了解吗?狼的本性贪婪凶狠,和豺结伙做坏事,您能除掉它,我本应该效举足之劳、出一点力,怎么会隐瞒狼的去向而不说呢?"赵简子默不作声,掉转车子走上了大路。东郭先生也赶着驴用加倍的速度往前走。

赵简子一行的旌旗仪仗的影子逐渐消失了,车马的声音也听不见了,狼估计赵简子他们已经离开很远了,于是便在口袋中说道:"先生可把我从口袋里放出来了,解开我的绳子、拔出我胳膊上的箭,我要走了。"东郭先生动手把狼从口袋里放了出来。狼咆哮着对东郭先生说:"刚才被猎人追赶,他们来得很快,幸亏先生救了我。现在我饿得很,饿了得不到东西吃,也终究是一死。与其饿死在路上被野兽吃掉,还不如给赵简子他们打死,供富贵人家做盘碗里的食品。先生是信仰墨家学说的人,劳累奔波,从头顶到脚跟都擦伤了,为的是想使天下的人得到好处,既然如此,又何必舍不得把您的身体送给我吃,以保全我这条小命呢?"于是,龇牙咧嘴,举起前爪扑向东郭先生,东郭先生慌忙赤手空拳和它搏斗,边斗边退,躲到驴子后边,绕着圈儿跑。狼终于不能伤害东郭先生,东郭先生也尽力抵抗。彼此都疲倦极了,隔着驴喘气。东郭先生说:"你对不起我,你对不起我!"狼说:"我并不是一定要辜负您,老天爷生了你们这类人,本来就是供给我们这些狼吃的。"

这样互相僵持了很长时间,日影渐渐西移了,远远地看见一个挂着藜杖的老人,东郭先生又高兴又惊讶,撇下狼迎上前去,跪拜哭泣,向老人说:

"求您说句话救我的命。"老人问他什么缘故。东郭先生说:"这只狼被猎人追赶得很急迫,向我求救,我确实救了它。现在它反而要吃掉我,我竭力恳求也不行,就要被狼吃掉了。现在碰到您老人家,可能是老天爷不想丧掉我们这些读书人的命吧?请求你说句话救我的命。"说完,就在老人拐杖下叩起头来,并趴在地上听候老人的吩咐。老人听了这话,再三叹气,用拐杖敲打狼说:"你错了。人家对你有恩,你却背弃他,再没有什么事比这更加不好的啦!儒家说受别人的恩情而不忍心背弃,这样的人做儿子一定孝顺,虎狼也知父子之爱。现在像你这样背负恩情,就连父子之爱也没有了。"于是,高声大喝道:"你,快走开!不然我就用拐杖打死你!"狼说:"你只知道事情的一方面,而不知道另一方面。请允许我诉说这件事,希望你耐心地听一听。起初,先生救我的时候,捆我的脚,把我塞进他的口袋里,用诗书压住我,我弯着身子不敢出气。又讲了许多不相干的话来说服赵简子,他的用意原来是让我闷死在口袋里,自个儿得到利益。这有什么恩可言,我又怎么能不吃他呢?"老人看看东郭先生,说:"果真是这样吗?那你也有错处。"东郭先生不服气,详细描述他用口袋装狼时的怜惜心情。狼也不断用花言巧语诡辩,希望得到胜利。老人说:"这些话都不够作为凭证的呀,你试着再把狼装进口袋里,让我看看它当时的情状,是不是真那么痛苦。"狼高兴地听从了,把脚伸向东郭先生,先生又捆着狼装进了口袋,用肩扛起放到驴背上,而狼却不知道这一点。老人贴着东郭先生耳朵说:"有短剑吗?"东郭先生说:"有。"于是拿出短剑,老人使眼色给东郭先生,让他用短剑杀狼。东郭先生犹豫地说:"这不是伤害了狼吗?"老人笑着说:"禽兽背负恩情到如此地步,您还不忍心杀死它,您固然是一位仁慈的人,可是愚蠢得太过分了!下井去救人,脱下衣服去救朋友,对于他们来说目的已经达到了,而把自己陷于死地怎么办呢?先生大概是属于这一类的人吧?仁慈却愚蠢,本来是君子所不赞成的啊!"说完大笑,东郭先生也笑了。于是老人动手帮助东郭先生拿起短剑,共同杀死了中山狼,把它抛弃在路上,然后自个儿走开了。

高山流水

俞伯牙是天下闻名的琴手,钟子期深谙琴音箫声。俞伯牙纵情弹琴时,心里想着高山,钟子期一听便说:"弹得好啊,琴声中所描绘的是一座像泰山一样巍峨的高山啊!"俞伯牙弹琴时,心里想着流水,钟子期便说:"弹得好啊,琴声中所描绘的是一条浩浩荡荡的江河啊!"俞伯牙弹琴时不管想什么,钟子期都能真切体会。

有一次,俞伯牙在泰山的北面游玩,忽然碰上暴雨,只好停在悬岩下躲雨。心里感到寂寞,便拿起琴来弹。开始弹《霖雨》,接着又弹出了《崩山》。他每每奏这两支曲子,钟子期都能完全说出他当时的情趣。俞伯牙于是放下琴,感叹地说:"你用心想象琴音中的一切,就跟我心里想的一模一样啊!你真是我的知音啊!"

路见桑妇

卫国不肯屈服晋国,晋文公恼羞成怒,想出兵攻打卫国。臣子公子锄得知这个情况后,对天大笑起来。晋文公问他:"你为什么大笑啊?"他回答说:"我笑我那个送妻子回娘家去的邻居。他在路上遇见一个采桑的妇女,爱慕地和她搭话。但是他回头一看,竟发现有人正在招引他的妻子呢!我一想到这件事就会大笑不止。"

晋文公领悟了他说的话的意思,便打消了派兵进攻卫国的念头。没过两天,晋国北部果然就发生了敌人入侵的事情。

鼫鼠学技

有一种动物名叫鼫鼠,它有五种本领:飞、走、游泳、爬树、打洞。

但是,它虽然学会了这五种本领,但是没有一种学好的。说它会飞,却飞不高;说它会走,却走不快;说它会游泳,却游不远;说它会爬树,却爬不到树顶;说它会打洞,却打得不深。

鼫鼠身兼五种本领,但事实上它平凡得很,一样也不精通。

疑心生鬼

有个生性愚笨、胆小如鼠的人。有一次,他半夜里走在回家的路上。白蒙蒙的月光照在身上,他身边的地上就投下了一个黑黝黝的影子。他往前每走一步,那影子也跟着前进一步。

他低下头一看,看见身边有个黑簇簇的人形,不禁毛骨悚然、心惊肉跳,认为是一个小鬼紧紧地跟着他。他越想越怕,又情不自禁地抬头上望,看见自己头上的头发飘了起来,他以为那是鬼的头发。

他不敢再慢步缓行,立刻撒腿就奔跑起来。他气喘吁吁地往家里跑去。由于跑得太过猛烈,喘不过气来,竟然把他给憋死了。

海鸥识奸

大海边上有一个村子,村子里住着个十分喜爱海鸥的渔夫。他每天划船出海,友好地寻找海鸥。慢慢地他和海鸥熟悉了,海鸥也和他混熟了,不但不怕他,还成群结队地飞到他的船边来,在小船的四周飞来飞去,他看到这么多的海鸥围着他,心里很高兴。

一天,他又出门要到海上去,他的父亲对他说:

"听说你天天和海鸥一起游玩,那些海鸥都和你混熟了,一点儿不怕你。你今天出去,给我捉一只海鸥回来吧。"

渔夫回答父亲说:

"没问题,我会捉一只大的海鸥给你带回来的。"

他又摇着小船到海面上去了。

但是,那些海鸥从他的目光中看出了歹意,都不敢靠近他,只是远远地在他头顶上的空中回旋飞舞,再也不肯停落在他的船边了。

曾子杀猪

曾参的老婆要到集市上去,她的儿子跟在后面哭哭啼啼。妈妈对孩子说:"你回去吧,等我回来给你杀猪吃。"

曾参的老婆一从集市回来,曾参便立刻要去杀猪,他的老婆制止说:"我只不过是和孩子说着玩的。"

曾参说:"和小孩怎么可以这样随便开玩笑呢?小孩子不懂事,他们跟着父母学,聆听父母的教诲。现在你欺骗他,就是教孩子学着骗人呀!做母亲的骗儿子,儿子也就不相信他的母亲了,这不是教育孩子的好办法啊!"

说完,曾参就把猪杀了。然后,把煮好的猪肉拿给孩子吃。

曾参杀人

有一个和曾参同名同姓的人杀了人。

曾参的母亲正在织布,有人跑来告诉她:
"曾参杀人了!"
曾参的母亲听了,说:
"曾参不会杀人。"说完照常织布,不当一回事。
过了一会儿,有人急急忙忙跑来告诉她:
"曾参杀人了!"
曾参的母亲依然镇定自若地继续织布。
再过一会儿,又有一个人跑来对她说:
"曾参杀人了!"
曾参的母亲再也沉不住气了,扔下织布的梭子,翻过墙院逃走了。

虎怒决蹯

有一个猎人,安装了一个拴缚兽蹄的捕猎器具,缚住了一只老虎。老虎无法解脱,发起怒来,用牙齿咬断被缚的爪子,忍着剧痛逃跑了。

老虎不是不爱惜自己的爪子,但是性命攸关,它不能因为保住了爪子,而使自己命丧猎人之手。

两虎相斗

两只老虎抓到一个人,为了争吃人肉,正在激烈地互相撕咬。

一位猎人见此情景,拔剑要上去刺死它们。

旁边另一个人连忙拉住他的手说:"老虎是凶猛的野兽,爱吃人肉。现在那人已经死了,两只老虎为了争吃人肉,正在疯狂地搏斗。过不了多久,必定是一死一伤。那时,你再去刺杀那只受伤的老虎,根本不用费大力气,一剑就可以杀死它。"

回 头 鹿

　　鹿拼命朝前奔跑,一直都没有回头望,猎人驾着六匹马拉着的快车去追赶它,也是望尘莫及,最后竟然连踪影都看不见了。

　　但是,这只鹿后来还是被人捉住了,那是它在跑动中老是不停地回头张望的缘故。

借　光

　　姑娘们聚在一处做女工。为了省油,规定每个人都必须带一定的灯油,这样方便聚在屋子里干活。

　　有一个姑娘家里很穷,买不起灯油,便经常混在姑娘们中间也来做活。大家看她总是不带灯油来,就想要把她赶走。

　　那穷姑娘说:"我因为没有灯油,所以每天都先来打扫房子,安排座位,让你们舒舒服服地干活。你们为什么吝啬这么一点灯光呢?灯光亮堂堂的满屋子都是,为什么不肯让我借借光呢?灯光下多我一人和少我一人也没什么两样。难道不是这样吗?"

　　姑娘们越听越惭愧,觉得穷姑娘值得同情,便不再赶她走了。

苛政猛于虎

　　有一年,孔子乘车从泰山旁边经过,看见一个妇女在坟墓上哭泣,哭声非常悲切。

孔子停下车,叫子路去询问那个妇女:"你哭得这样伤心,是不是遇到了什么不幸的事情?"

那个妇女说:"这里经常有老虎吃人。我的公公被老虎吃掉了;我的丈夫也被老虎吃掉了;现在,我的儿子又被老虎吃掉了。叫我怎能不伤心呢?"

孔子走过去问那个妇女:"那么,你为什么不离开这儿呢?"

那个妇女说:"我不愿离开这儿,是因为这儿没有残暴的政令啊!"

孔子叹道:"残暴的政令比猛虎还可怕啊!"

嗟来之食

齐国发生了大灾荒。富人黔敖在路边熬了粥,专门救济路过此地的灾民。

有个人饿得发慌,用衣袖蒙着头、用绳子绑着鞋,昏昏迷迷地走了过来。黔敖见了,左手捧起食物,右手拿着茶水,吆喝道:"喂!过来吃吧!"那人听了,翻起眼睛,瞪着黔敖,说:"我就是因为不吃这种吆喝着施舍的食物,才饿到这种地步啊!"黔敖立刻向他赔礼道歉。那人仍然坚决不肯吃,没过多久他就饿死了。

郢书燕说

楚国的都城有人给燕国的相国写了一封信,他是在夜里写的,写时光线不够亮,便吩咐捧蜡烛的人说:"举烛!"说着,便顺手在信上写上了"举烛"两个字。其实,"举烛"这两个字并不是信里要说的旨意。燕国的相国收到他的信后,却解释说:"举烛的意思,是崇尚光明啊!崇尚光明,这就要选拔贤德的人来加以任用。"相国便对燕国的国君说了这个意思,国君听了十分高兴,下令照办,国家因此得到了治理。

国家固然是治理好了,但是"举烛"毕竟不是信中的原意啊。

南橘北枳

晏婴将要出使楚国。楚王得知这个消息,和左右大臣谋划说:

"晏婴,是齐国擅长外交辞令的人。现在他要来了,我想羞辱他一番,该采取什么办法呢?"

左右大臣献计说:"当他到来的时候,我们捆绑上一个人,押着他经过大王面前……"大王问:"干什么的?"我们回答:"是齐国人。"大王再问:"所犯何罪?"我们说:"犯偷盗罪。"

晏婴来到了楚国,楚王设宴款待晏婴。喝酒正在兴头上时,两个小吏捆绑着一个人走过楚王面前,楚王问:"绑的是什么人?"回答:"是齐国人,犯了偷盗罪。"

楚王盯着晏婴问:"齐国人是不是本来就喜欢偷盗呢?"

晏婴离开坐席,郑重地对楚王说:"我听说橘树生长在淮河以南结橘子,生长在淮河以北就结枳子,它们仅仅是叶子相像,果实的味道大不相同。造成这种差异的原因是什么呢? 就因为水土不同。人民百姓生长在齐国不偷盗,一进入楚国就偷盗,莫非楚国的水土使得人民百姓喜欢偷盗吗?"

楚王自我解嘲说:"对于圣贤君子是不能跟他开玩笑的,今天我反而自讨没趣了。"

井底之蛙

在一口浅井里住着一只青蛙。它对从东海来的大鳖说:"我多么快乐

啊!想出去玩玩,就在井口的栏杆上蹦蹦跳跳,想回来休息,就蹲在残破的井壁的砖窟窿里休息休息;跳进水里,水刚好托住我的胳肢窝和面颊;踩泥巴时,泥浆只能漫到我的脚背上。回头看一看那些赤虫、螃蟹与蝌蚪一类的小虫吧,哪个能同我相比呢?并且,我独占一井水,在井里想跳就跳,想停就停,真是快乐极了!您为什么不常来我这里看看玩玩呢?"

海鳖左脚还没踏进井里,右腿已被井壁卡住了。于是,它在井边徘徊了一阵就退了回来,把大海的景象告诉青蛙,说道:

"千里虽然很远,可是它不能够形容海的辽阔;千仞虽然很高,可是它不能够探明海的深度。夏禹的时候,十年有九年闹水灾,可是海水并不显得增多;商汤时,八年有七年天干旱,可是海水也没显得减少。永恒的大海啊,不随时间的长短而改变,也不因为雨量的多少而涨落。这才是住在东海里的最大快乐啊!"

浅井的青蛙听了这一番话,惶恐不安,两眼圆睁睁地好像失了神,深深感到了自己的渺小。

庄子妻死

庄子的妻子死了,惠子前去吊丧,看见庄子正岔开两腿像簸箕似的坐着,一边敲盆一边唱歌。

惠子说:"你和你妻子住在一起,你妻子把子女抚养长大。现如今她年老身亡,她死了你不哭也就算了,还一边敲着盆子一边唱着歌,这岂不是太过分了吗?"

庄子回答说:"不是这样。她刚死的时候,我怎么能不悲伤呢?可仔细思考一下,她在没有出世之前,原本就是没有生命的,不仅没有生命而且还没有形体,不仅没有形体而且还没有气息。在混沌恍惚之中变出了气,气再变就有了形体,形体再变就有了生命,现在又变而为死,这就好像春夏秋冬四季更替运行一样。人家现在已经静静地安息在天地这个大房屋里,而我却嗷嗷嗷地哭她,我以为这样做是不通达天命的表现,所以就停止了哭泣。"

鲲鹏与斥鷃

在不长草木的北极地方,有个广漠无涯的北海,这就是人们所说的天池。天池里有条大鱼名字叫鲲,身宽数千里,没有人知道它究竟有多长。后来,鲲变成一只叫做鹏的大鸟,背像泰山那样高,翅膀像云彩,乘着旋风径直飞上九万里的高空,横穿云雾,背负青天,然后向南飞翔,打算飞到南海去。

小泽里的斥鷃讥笑大鹏:"它想到哪里去啊?我跳跃着往上飞,到几丈高就落下来了,我盘旋在杂草丛里已经算是飞得很高,这让我十分满足了。那么,这只大鸟还想飞到哪里去呢?"

远水救不了近火

鲁穆公把自己的王子和公主送到远离鲁国的晋国、楚国去当官和结亲,想以此来联合这两个大国。

鲁国的大夫犁钮对鲁穆公说:"如果您到越国去求人来救您快要淹死的儿子,越国人虽然善于游泳,可是也救不活您的儿子啊!如果鲁国京城失火而到遥远的大海里去取水灭火,海水虽多,火也不会用海水浇灭啊!这是因为远水不能解救近火。晋国与楚国虽然强盛,但远离鲁国,而齐国离我们很近,如果齐国侵犯鲁国,晋国和楚国怎么能够及时帮助我们呢?"

吝啬老人

古时候有一个老人,他没有子女,也没有亲戚朋友,但很有钱。这个老人十分吝啬,每日里早出晚归,忙忙碌碌地经营家业,多方积累钱财,从来没个知足。但他却从不花费,过着以粗茶淡饭度日的生活。

有一次,别人向他借钱,他很不情愿地走进房中拿出十个钱,可是在出来时每走几步就心疼地从手中拿出一个揣在怀中。等到了门外,他手里的钱就只剩下五个了。当他把钱交给借钱的人时,心疼得连眼睛都闭上了,口中还念念有词地不停叮嘱说:"现在我把全部家业都拿来帮助你了,这件事你可千万不要告诉别人啊!不过说出去也没关系,再有人来借,我也真的没钱可以借给他了啊!"

没过多久,老人死了,他辛苦积蓄了一辈子的财产最后全都被官府收去了。

锯竿进城

从前,有一个傻瓜拿着一根竹竿进城去办事情。竹竿太长了,竖着拿,城门不够高,进不去;横着拿,城门不够宽,还是进不去。

他想来想去,实在想不出办法,只好坐在城门口发呆。

这时候,一位老人走过来,问他为了什么事情发呆。他就把他的困境说了出来,老人说道:"我虽然不是什么圣人,但年纪比你大,事情见得多了,见识自然也就比你多了。我告诉你一个好办法吧,你去拿一把锯子来,把竹竿锯短一些,不就可以拿进城去了吗?"

那个傻瓜觉得老人说得很有道理,就按照老人的办法把竹竿锯断了,还连忙向那个比他有见识的老人道谢。

煮竹席

有个北方人来到南方。

南方人煮竹笋给他吃,他不认识竹笋,问道:"这是什么东西啊?味道很不错嘛!"

南方人说:"这是竹子。"

北方人回去后,就把床上的竹席拿去煮,却怎么也煮不烂,用力去咬反而把嘴扎破了。

他对妻子说:"我上了南方人的当了,南方人真狡猾,竟然拿这件事情来欺骗我!"

宣王好射

齐宣王喜好射箭,尤其喜欢别人夸赞他力气大,能够拉开强弓。其实,他使用的是只用三百来斤力气就能够拉开的弓。齐宣王时常表演拉弓给臣子观看,那班臣子为了讨好宣王,就一个个装模作样地也来拉那张弓,并且只把弓拉开一半,然后故作惊讶地说:"哎呀,没有一千多斤气力要拉开这弓是绝对做不到的啊,若不是大王力大如神,又有谁能使用这么强的弓呢!"齐宣王听了非常高兴。

然而,齐宣王拉弓所用的力气不过二三百斤,可是他却一辈子以为自己有千斤臂力。

所谓齐宣王力气大只是徒有虚名而已。

弃璧保子

有个国家遭到了相邻的大国的进攻,百姓们纷纷逃难。有一个名叫林回的贤士,丢掉价值千金的宝玉,却背着自己的婴儿逃跑。有人问他:"你究竟是为了什么而逃跑啊?是为了保住钱财吗?可婴儿并不值钱。是怕受拖累吗?携带婴儿逃跑会增加许多困难。你丢掉了价值千金的宝玉,偏偏要背着一个没有价值的婴儿逃跑,这是为什么呢?"

林回答道:"那块宝玉只不过因为值钱才和我有关联,这孩子却是我的至亲骨肉,他和我是天然地关联在一起的啊!"

凡是因为财帛货利联系在一起的,碰上患难就会相互抛弃;凡是因为骨肉情义彼此联系的,碰上患难却会相互救援。相互救援和相互抛弃,两者之间的确存在着天壤之别啊!

周人怀璞

郑国人把没有加工雕琢的玉石称为璞,周人把没有腌制成干肉的死老鼠称为璞。

有一天,一个周人怀里揣着没有加工腌制的死老鼠问郑国商人:"你想买璞吗?"

郑国商人回答说:"想买。"

周人便从怀里掏出他带来的璞,原来是一只死老鼠。

郑国商人看了恶心,赶忙回绝了他。

曲高和寡

有人在楚国的都城郢地唱歌,开始唱《下里巴人》时,都城里面聚在一起跟着他唱的有好几千人;接着唱《阳阿》、《薤露》时,跟着唱的还有数百人;随后又唱《阳春白雪》时,跟着唱的就只有几十个人了;等他唱起音调多变、悠扬婉转的高深歌曲时,能跟着唱的不过几个人而已。这就是说,他唱的曲越高深,调越复杂,能和他一起唱的人就越少了。

农夫得玉

魏国有个农夫,在田野里耕种时拾到了一块很大的宝石,但是他不认识自己拾到的是什么东西,便把这件事情告诉了邻居。邻居知道是件宝物,暗中盘算要把那块石头弄到手,便欺骗农夫说:"这大概是块鬼怪石头。收藏在家里很不吉利,不如把它再扔回原处去。"

农夫虽然心存恐惧,可还是把石头搬回了家里。当夜,宝玉通明,照亮了整间屋子。农夫全家惊恐万状,他又把发生的怪事告诉了邻居。邻居说:"这是鬼怪的征兆,必须赶快扔掉它,才可以消除灾祸。"闻听此话,农夫急忙把石头丢到野外去了。

没等多久,那个邻居就把石头偷去献给了魏王。魏王召来玉工鉴别,玉工惊异地说:"恭贺国王得到这块天下无双的宝石,如此稀世珍宝我还从来没有见过。"

魏王问起宝玉价值多少。玉工说:"这是无价之宝,就是拿五座城池来换,也只能让他看上一眼。"

魏王立即赏赐给献玉之人千斤金子,并让他一辈子享受上大夫的俸禄。

假 人

有一个人养了很多鱼,但经常有水鸟到鱼塘里啄食他养的鱼。

为了对付那些水鸟,养鱼的人扎了一个草人,给它披上蓑衣,戴上斗笠,在它手中插上竹竿,然后安放在水塘边上,用来威吓水鸟。

开始时,成群的水鸟只敢在草人头顶盘旋,不敢轻易落下来啄鱼。可是,没过多久它们知道了那是个不会动的假人,便依旧下池子啄鱼,而且还飞落到草人的斗笠上休息,悠闲自在,一点也不怕。

养鱼的人见到这种情形,便悄悄搬掉草人,自己披蓑戴笠,一动不动地站在地里。

水鸟仍然下到池中捉鱼,并飞到斗笠上休息。这人顺手一把抓住了水鸟的脚。水鸟挣扎不脱,拍着翅膀大叫:"假人!你不是假人吗?"

养鱼的人说:"原先是假人,你再看看现在还是假人吗?"

解铃系铃

金陵清凉寺有位禅师法号法灯,为人豪爽,不拘小节,经常不守佛门法规。当时大家都看不起他,只有一位名叫法眼的禅师对他另眼相看。

有一天,法眼问大家:"老虎脖子上的金铃,谁能把它解下来?"大家都答不上来。

这时,法灯正好进来,法眼又提出这个问题要考他。

法灯答道:"这还不容易吗?那个把它系上去的人当然能够把它解下来。"

听了这话,法眼对大家说:"你们可不能小看法灯啊!"

猎人救象

从前,南国的山里住着一个猎人,他的箭术非常高明,可以说百发百中。

有一次,猎人又带着弓箭进了山林。中午时分,他躺在一块大石头旁边睡着了。

睡梦中,他感到有点不对劲,睁开眼睛一看,吃了一惊,原来一头大象用鼻子把他卷了起来。他心中害怕,使劲儿想挣脱,但他哪有大象的力气大,只好听天由命了。

"不知要遭到什么样的残害?"

正想着,却见大象已经把他带到一棵大树底下,将他轻轻放到树下。这位领头的大象,仰天长啸,无数只大象纷纷向他靠拢,并没有要伤害他的样子。

猎人不解地看看这头大象,又看看那头大象,不知它们要干什么。

忽然,领头的大象趴在他的身边,眼睛看看树上,又看看他,这样反复几次,猎人似乎懂了,大象是让他爬上树去。

猎人踏着象背,爬到树上,站在树顶端上。可是,猎人仍不明白大象要自己做什么。

突然,传来一声狮子的吼叫,所有的大象都吓得趴在地上,浑身发抖,用乞求的眼神望着树上的猎人。

猎人明白了。他拿出弓箭,对准凶猛的狮子射了过去。狮子被箭射中,倒在地上死了。

群象从地上站起来,围着他把长长的鼻子伸向天空,表示着它们的喜悦和对猎人的谢意。

猎人也很高兴,他拍拍这头大象的鼻子,拍拍那头大象的大腿。这时,那头领头的大象用鼻子扯着他的衣服,然后屈腿趴在地上,让他骑上自己的背。

大象把猎人带到密林深处的一个地方,用鼻子掘开厚厚的落叶,下面露出一个深坑,深坑里全是脱落的象牙。

原来大象是要用象牙来答谢猎人,猎人明白了,就用绳子捆了几根。然后大象把猎人和象牙驮到山下,与他告别。猎人回到家之后,见到人就讲:

"原来大象是很讲义气的动物啊。"

吝公惜驴

有个老汉出了名的吝啬。他一辈子攒下了很多钱,但是却舍不得吃也舍不得穿,过的是粗茶淡饭、省吃俭用的生活,一家老小怨气横生,外人更把他戏称为吝公。

吝公用挣来的钱放高利贷,利滚利地积蓄了更多的钱。

吝公年纪越来越大了,身子骨也大不如前,每次出去讨债、放债,常常累得浑身像要散了架似的。别人要替他去,他又放不下心来。

一天,儿子对他说:"父亲,你每次外出,很是劳累疲惫,不如买头驴代步,您骑着驴出门会轻松一些的。"

老汉拿出钱来,数过来数过去,想到买一头驴要花那么多的钱,心里怎么也舍不得。

又过了些日子,一天,老汉外出遇上雨,走了一夜的山路才赶回家,回到家就大病了一场。

病好后,在儿子的再三劝说之下,衾公才狠下心来买了一头驴。

自从买了驴,家里人以为老汉不会再有走路的辛苦了。哪知道,老汉竟不舍得每次出门都骑在驴背上。他只在实在太累的时候才骑上驴背,走一段路,然后又下来步行。

这头驴被养得娇惯了,只习惯跟着衾公走路。

三伏天,老汉又要出门了,看看天热得很,他怕自己支持不住,就牵着驴上路了。

路上,老汉努力地支撑着,坚持着走到了欠债人住的村子。

午后,衾公牵着驴回去。阳光像着了的火,衾公走不多远就气喘吁吁了。他只好骑到了驴背上,想不到,驴没走几步,也喘着粗气走不动了。老汉赶紧跳下驴背,并取下驴鞍子来背在自己肩上,为的是减轻驴身上的分量。

到家后,衾公累得一点力气都没有了,他为此生了一场大病。

杯弓蛇影

有一位名叫乐广的人请他的好朋友到家中喝酒。

那位朋友拿起酒杯,忽然看见酒杯中有一条小蛇在晃动,但是出于礼貌,还是勉强把酒喝了下去。

但是,那位朋友回家后就生了重病。

听说朋友病了,乐广特地前去看望,并且问明了得病的原因。

乐广心里很纳闷:"酒杯里怎么会有小蛇呢?会不会他看错了呢?"

为了弄清事实,乐广回到家里,便坐在大厅里那位朋友曾坐过的位置上,斟满酒杯,查看起来。忽然,他看到了酒杯中的小蛇——原来是挂在墙上的一张弓的影子映在了酒杯里。

乐广大喜过望,立刻去到朋友家里,把真相告诉了那位朋友。

那个人解除了心病,身体立刻好了。

未尝一遇

有一个住在周地的人,一心想做官,但总是碰不到机会。

几十年过去了,他的胡子都白了,还没有当上官,他觉得委屈,便坐在路上放声大哭。有人问他为了什么如此伤心?他回答说:"我求官,屡次没有遇上机会,现在我年纪大了,再也没有机会做官了,所以才痛哭啊!"别人说:"你求官为什么没有遇到一次机会呢?"他回答说:"我年轻的时候,学习文事,学好了要去求官,当时的君主却喜欢任用年老的人。等到喜欢用老年人的君主死了,继位的君主又喜欢武功。我就改变主意,弃文学武,可是武艺刚学好,喜好武功的君主却去世了。现在在位的青年君主,喜欢任用年轻人,而我却已经年岁太老了啊!因此,我没有碰上一次好机会。"

机遇是成功的重要因素,错失机会,成功也便无从谈起。

鲁人造酒

从前中山国的人酿的酒味道醇厚,香气扑鼻。鲁国的人不会酿酒,为了能喝到美酒,就去中山国学习酿酒。

中山人说:"这是祖上传下来的秘方,不可以随便泄露给外人。"

一位鲁国人见中山人不肯传授酿酒技艺,心想:"那有什么难的?我自有办法造出好酒来。"

有一天,这位鲁国人到中山人家去喝酒,他乘酒酣之时没人注意,悄悄地溜进了中山人的厨房,偷偷拿走了人家酿酒用的酒糟。

回到家后,这位鲁国人自己酿造了酒,将偷回来的酒糟泡在酒里,心想:"这酒用酒糟泡过之后,味道肯定和中山人酿的酒一样醇美。"

过了些日子,他觉得酒泡得差不多了,就拿出来,请邻居们品尝。邻居们喝了之后,觉得的确和原来的鲁国酒味道不同,似乎有点儿像中山人酿的酒,于是,大家交口称赞:"你真能干,居然自己能悟出中山人酿酒的技艺,真了不起!"

这位鲁国人听了,心里沾沾自喜。

从这以后,这位鲁国人逢人就说:"中山人自以为酿的酒味道醇美,自以为保守住酿酒的秘方,别人就酿不出好酒了,真是太自以为是了。我现在酿出的酒,同样香醇可口,绝不比中山人酿的酒差,谁要是不信的话,请到我这儿来品尝一下好了。"

为了能显示自己的酿酒技艺,他决定去请中山人到自己家里做客。

那位朋友如约前来,这位鲁国人十分得意地告诉客人,自己酿出的酒如何好喝,并捧出一坛酒来请这位中山人品尝。

这位中山人喝了酒之后咂咂嘴说:

"这酒好像有一点我家酒糟的味道,根本喝不出什么好酒的醇香味道啊!"

买凫猎兔

从前有个人要去打猎,但是没有猎鹰,就买了一只野鸭充作猎鹰外出行猎。

正走着,田野里突然蹿出一只兔子来,他就把野鸭抛向空中,让它追击兔子。野鸭子飞不起来,掉落在了地上。他把它从地上拾起来,再次抛向兔子。野鸭子再一次摔落在了地面上。这样一连抛了好几次。野鸭子跌跌撞撞地从地上爬起来,用人的话语对他说:"我是鸭子呀!杀掉后吃我的肉,是我的本分。为什么要强加给我抛掷摔打的痛苦呢?"

那人说:"我认为你是猎鹰,可以用来追捕兔子。谁又知道你是只野鸭子呢?"

野鸭子举起脚蹼,让那个人看了看,对他说:"你看看,我的这手脚,像是能够用来捕捉和擒拿兔子的吗?"

寒 号 鸟

五台山上有一种生性非常懒惰的鸟,它们从来不筑自己的鸟巢。它生有一对大翅膀,却不会飞。每当天气暖和的时候,它身上长满了色彩绚丽的羽毛,非常好看。它就得意洋洋地叫道:"凤凰也不如我!凤凰也不如我!"

等到深冬严寒时节,天气变冷了,它身上的羽毛就脱落光了,难看得像只小雏鸡。在寒风凛冽、雪花纷飞中,它不停地颤抖,不住地凄厉叫道:"得过且过?哆嗦嗦,冻死我!得过且过?哆嗦嗦,冻死我!"

大家把这种鸟叫做"寒号鸟"。

神 鱼

古时候,某地有一棵大树,树身已经空朽。每逢下雨,树洞里就积满了水。

有一个人贩运活鱼到外地去卖,路过这里,看见树洞里有积水,便捉了一条鲤鱼放进树洞里,然后走了。

村人发现树洞中有鱼,感到十分奇怪,认为这是神鱼,便对它烧香祭拜起来。

这样一传十、十传百,这棵大树香火不断,每天来求神鱼消灾祛病、降福赐财的人络绎不绝。

过了半年,那个卖鱼的人又路过这里,看见这种情景,不禁哈哈大笑:"哪里有什么神鱼啊!这鱼是我半年前路过这里时放进树洞中的!"

公仪休嗜鱼

公仪休很喜欢吃鱼。他当了鲁国的相国后,全国各地有很多人送鱼给他,他都一一婉言谢绝了。他的学生劝他说:"先生,你这么喜欢吃鱼,别人把鱼送上门来,为何要拒绝呢?"

他回答说:"正因为我爱吃鱼,才不能随便收下别人所送的鱼。如果我经常收受别人送的鱼,就会背上徇私受贿之罪,说不定哪一天会免去我的相国官职,到那时,我这个喜欢吃鱼的人就不能常常有鱼吃了。现在我廉洁奉公,不接受别人的贿赂,鲁君就不会随随便便地免掉我相国的职务,只有不免掉我的职务,才能常常有鱼吃啊!"

新　妇

卫国有个人驾车娶妻。

新婚的妻子刚上花车就问赶车的仆人:"车子侧面的马是谁家的呢?"

赶车的仆人回答说:"是借别人的。"

那个妻子就对驾车的仆人说:"要打侧面的马,不要用鞭子抽驾辕的马!"

马车到了门口,新婚的妻子下车时,告诉陪送来的女佣人,说:"快把炉膛里的火灭掉,以免发生火灾。"

新婚的妻子进屋看到一个石臼,她又说:"赶紧把石臼搬到窗户底下去,放在这里妨碍人们来往走路。"

婆家人听后都笑了起来。

这三句话,本来都是正确的,为什么会惹人发笑呢?就因为不是新婚的妻子应该说的。

即使是应该说的话,若说得太早也是不合时宜的啊!

郑人逃暑

有个郑国人怕热,跑到一棵树荫下乘凉。

太阳在空中移动,树影在地上移动,他也搬着自己的卧席随着树荫挪动。

到了黄昏,他又把卧席放到大树底下。月亮在空中移动,树影也在地上移动,他又搬着卧席随着树影挪动。

结果,这个人受到了露水沾湿身子的伤害。树影越移越远,他身上也越沾越湿了。

这个人白天乘凉的办法很巧妙,但晚上还用同样办法乘凉就别提有多么笨拙了。

一叶障目

楚国有个人非常迂腐,读古书知道了螳螂捕捉知了时会用一片树叶把自己遮蔽起来,就可以隐蔽形体使知了看不到自己。于是,便去寻找能够隐形的树叶。

他站在树下仰面朝上寻找着。只要看见螳螂攀着哪片树叶,他便把这片树叶摘了下来,放到树下面的地上。可是,树下原先就有许多落叶,无法分清哪一片树叶是摘下来能够让自己隐形的。他就扫了好多树叶回去,一片一片地拿来挡在自己的脸前,一次又一次地向老婆发问:"你看得见我吗?"

老婆开头总是回答:"能看得见。"

后来,老婆被他打扰了一整天,已经厌烦极了。可是他仍然纠缠不休,就告诉他说:"我看不见你了。"

这个人嘿嘿地笑了起来,异常高兴地带着这片树叶跑到街上,当着别人的面偷东西,结果被抓到县衙门里去了。

县官审问他,他便把此事的始末原原本本地说了一遍。县官听了大笑不止,没有治罪就把他释放了。

指鹿为马

赵高图谋篡夺秦二世的皇位,唯恐众位大臣对他不肯服从,便设法进行试探。

一天,他把一只鹿献给秦二世,对秦二世说:"这是一匹马。"

秦二世一愣,笑着说道:"丞相搞错了吧?这明明是只鹿嘛,你怎么说是马呢?"

秦二世转而问身边的大臣。

大臣们有的沉默不语,有的说是马,以讨好赵高。也有耿直的人说是鹿的,赵高就在暗中陷害他们。

此后,群臣中再没有人不惧怕赵高的了。

熟能生巧

北宋时有个善于射箭的人叫陈康肃,常在自己家的园子里练习射箭。他的射箭技艺在当时举世无双,他也因此非常骄傲。

一天，有个卖油的老汉路过陈家园子，站在那里看他射箭，久久不肯离去。当看见他射箭十中八九时，那个卖油的老汉微微点头，以表赞许。

陈康肃问他："你也会射箭吗？你说说看，我的射箭技艺高超吗？"老汉回答："没有什么了不起的，只不过是手熟而已！"陈康肃恼怒地说："你怎么敢轻视我射箭的本领！"老汉回答说："凭着我卖油的经验就知道这个道理。"说着，他取出一个装油的葫芦放在地上，用一枚铜钱盖住口子，然后用勺子慢慢地舀油注入葫芦，油顺着钱币中间的小孔倒了进去，却没有沾湿钱币中间的小孔。倒完之后，老汉说："我的这种技能也没有什么奥妙，只不过是手熟而已。"

陈康肃听后笑了笑，随后打发老汉走了。

城门失火

宋国都城的城门燃起了大火，救火的人们都去城门附近的池塘里汲水，去浇灭城门蔓延着的火焰。结果，池子里的水被淘干了，所有的鱼都暴露在光天化日之下，在干涸之中死去了。

这是比喻坏事的蔓延，必将会伤害善良忠厚的人们。

邯郸学步

古时候，有一个人到邯郸去学习邯郸人走路。他在邯郸学了三个月，什么都没有学会，最后，他连自己原来的步法都忘记了，只好像狗那样爬着回去。

东食西宿

齐国有户人家,家中有个女儿,两家男子同时前来求婚。

东家的男子长得丑但很有钱,西家的男子长得俊美但很穷。

父母亲犹豫不决,便询问女儿的意愿,要她自己决定到底嫁给哪个求婚的人。

女儿沉思了一会儿没有说话。

父亲怕女儿不好意思开口,就对女儿说:"要是难于启齿,不便明说,就用袒露一只胳膊的方式,让我们知道你的意思。"

女儿便袒露出来两只胳膊。

父母亲感到奇怪,赶忙问其原因。

女儿说:"我想在东家吃饭,在西家住宿。"

猎 雁

湖泊边上水草茂密的地方,经常有成群的大雁栖息过夜。因为怕有人来伤害,夜间就由一只大雁警戒守夜,环绕四周来回巡视。夜间,放哨的大雁一有动静就会大声鸣叫,群雁听到叫声立刻飞上天空逃走。

后来那些捕雁的人熟悉并且利用大雁的这种习性,巧妙地设计捕捉大雁的办法。他们先看准堤岸、湖边那些雁群经常歇息的地方,暗暗布下大网,并在网的旁边凿通一些洞穴。

天还未黑,猎人们手持捆绳,分别藏进土洞。等到天将放亮时,就在洞外亮起火光。警戒的大雁一见火光,便嘎嘎大叫,群雁立刻惊飞起来。这时,人们马上把火浸入水中熄灭,群雁一看什么动静也没有,便又都飞回去睡觉。

这样反复了三四次,群雁一次次被叫声惊起,醒来又发现没有什么动静,便以为担任警戒的大雁在哄骗它们,于是大家气得一起来啄它。

过一会儿,猎雁人再次点起火来。警戒的大雁害怕大伙再对自己群起围攻,看见火光也不敢再鸣叫了。

猎人们听不见雁群的声响,就张开大网捕捉起来。熟睡着的大雁根本就没有料到大祸已经临头,最后它们全被捉住了。

养猿于笼

有个人用笼子养了一只猿猴,已经养了十年了。那人十分怜悯它,就把它放生了。

过了两天,这只猿猴又回来了。这人心里想:"是放得还不够远吧!"

于是,他就派人抬着猿猴,一直送到深山大谷里。这只猿猴由于长期生活在笼子里,忘记在野外觅食的习性,以致没法获得食物,最终哀鸣着饿死了。

野猫偷鸡

有个叫郁离子的人居住在山里。

夜间有只野猫偷他家的鸡,郁离子起来追赶,但没有追上。

第二天,仆人在野猫钻出来的地方安置了捕兽工具,并用鸡作诱饵。就在当天晚上用绳索捆住了野猫。野猫的身子虽然被绳索捆住了,但嘴和爪子还都死死地捉着鸡。仆人一边打,一边夺鸡,至死野猫仍然不肯松开它的嘴和爪子。

郁离子叹了一口气说:"为钱财利禄而死的人们,大概也像这只野猫吧!"

古琴高价

能工巧匠工之侨得到一块特别好的梧桐木,把它削制成了一张琴,弹起来声音像金钟、玉磬一般和谐动听。工之侨自以为这是天下最好的琴了,就拿去献给朝廷的乐官太常。太常请宫中的乐工查看了一番,说:"这不是古琴。"就退还给了工之侨。

工之侨把琴拿回家里,请漆工在琴上画了一些断断续续的花纹,又请雕工在琴上刻镂了一些难辨的古字。然后,把这张琴用匣子装着埋进了土里。过了一年,工之侨把匣子挖出来,取出琴抱到市集上去卖。一个达官贵人看到这张琴,立即出一百两金子买去献给了朝廷。宫中的乐官们一个个争相传看,都说:"这张古琴真是世上绝无仅有的珍宝啊!"

九头鸟

古时候,孽摇山中有一种奇怪的鸟。这种鸟有一个身子却长着九个头。

看见食物,所有的头都争着啄食,互相争吵、互不相让,你啄我,我啄你,把整个身体都啄得累累伤痕、羽毛乱飞。结果,食物都没吃进嘴,九个头都被啄伤,变得鲜血淋漓。

海上的水鸟看见这情形,嘲笑道:"你们只要想你们九张嘴吃的东西都进入到一个肚子里,那么你们就不会再争抢吵闹了。"

以猪代牛

农民们一到春暖花开时节,就都忙着耕地种田,生怕误了农时。有个叫商于子的人,家里的牛生病死了,同时贫穷使他没有钱再去买牛。现在他需要下田干活,但没有牛来耕田,把他急得团团乱转。突然间,他灵机一动,想到了家中的猪。

商于子把猪牵了出来,往地里走去,他想:

"都是畜生,总比人有力气,试试看吧。"

商于子把猪赶到地头,停下来给猪套轭套,谁料想,平时挺驯顺的猪此刻说什么也不服管,左右挣扎,硬是把轭套给甩了下来。

商于子心中气闷,使劲儿抽打了猪一顿,然后又重新给猪套轭套,希望猪能老老实实地干活。

这一次还真的套上了,商于子把猪赶进田里,猪不但走得不直,而且左蹬右刨地把原本平整的田弄得坑坑洼洼的,气得商于子大声呵斥:

"你这个没用的东西,连走直线都不会,只有杀了吃肉!"

这时,一位叫宁母的先生走了过来。宁母看到商于子用猪耕田,先是觉得可笑,后来一想,应该开导开导他,或许他以往没有耕过田。宁母先生走到商于子身边,对他说道:

"这位先生好糊涂啊!猪从来都是为了吃肉才养的,有谁见过用猪耕田的?历来耕田都用牛,是因为牛的气力大,蹄子结实,踏进泥土里很容易拔出腿来。现在,你想让猪给你当牛使,岂不是异想天开吗?我想它一块地也耕不好。"

商于子本来心中郁闷,听了宁母的话,更加生气,心想:"你站着说话不嫌腰疼,我因为家里穷买不起牛,才使这畜生来耕田的,你却自以为聪明,当别人都是笨蛋!"商于子没好气地对宁母先生说:"我用什么耕地关你什么事?我自己家的地耕好耕坏是我自己的事,与别人无关。你若真关心天下事,就去劝诫国君,别用错了大臣,坑害了百姓。"

宁母深有所悟,连连点头。

鱼落沙滩

传说东海里有一种叫王鲔的大鱼,它身上长着红色的长长的鳍,身体可达十几间屋子那么长,每当它在海里游动时,整个大海都会像闪动的火焰一样红红的,人们看了都会吓得胆战心惊。王鲔如果发起脾气来,大海就会巨浪滔天,掀起几丈高的水花,它吐出的泡沫使大海像开了锅一样。

王鲔身躯巨大,自然需要消耗数不清的食物,每天要吃掉成千上万的鱼,这给海里的动物带来了很大的灾难。有时,它还会把海上的渔船连人带船吞下肚去,致使渔民们不敢出海打鱼。

又一次涨潮,王鲔又出来兴风作浪。它吃了很多鱼虾,肚子里本来已经饱饱的,却故意掀起巨浪,把一条渔船推到海滩上。船翻了,船里的人都被撞昏了,王鲔开心极了。正在这时,海潮落了下去,它没来得及返回大海,被搁浅在沙滩上了。

王鲔一筹莫展了,它躺在沙滩上,被太阳蒸着,巨大的身体动弹不得。只见它两只眼睛无神地看着大海,困难地摆动了一下尾巴,便没有了声息。

退潮后,人们三三两两地来海滩拾贝,忽然发现海滩上长出一座小山包来,原来那是王鲔的尸体。

人们走近一看,知道王鲔已不能再兴风作浪伤害人了,胆子都大起来。他们商议着如何处置王鲔。有人说:

"这么重的身体谁搬得动呀,还是在它周围架上柴烧了算了,免得它再逃回海里干坏事。"

又有人出主意说:

"我们不如把它的肉一点点挖下来,晒成肉干慢慢地吃。"

大家都纷纷表示赞同,于是,他们找来梯子、刀子、斧头,动员了很多渔民,大家一齐动手把王鲔的肉挖下来,晒成了肉干。

赵人患鼠

有个赵国人深受老鼠之害,便到中山国去讨猫。中山国的人给了他一只猫。这只猫很会捉老鼠,但也善于捉鸡。过了一个多月,他家的老鼠被捉干净了,可是鸡也没有了。他的儿子对父亲说:"为什么不把这只猫除掉呢?"

他父亲说:"这个道理不是你能知道的。我们的祸害在于老鼠,并不在于没有鸡。有了老鼠,则偷吃我们的粮食、咬碎我们的衣服、打穿我们的墙壁、破损我们的用具,这样我们就会挨饿受冻了,这不比没有鸡更有害吗?没有鸡,只不过不吃鸡罢了,离挨饿受冻还差得很远,为什么要除掉这只猫呢?"

有钱者生

有个姓李的老汉种茄子种不活,常常为此而苦恼。于是,他去向一位姓张的老汉讨教,姓张的老汉告诉他:"每种一株茄苗,在旁边埋下铜钱一文,这样,茄子就可以种活了。"

姓李的老汉问:"为什么要这样做?"

姓张的老汉回答说:"'有钱者生,无钱者死。'你不是也听说过这样的话吗?"

不禽不兽

凤凰做寿,林中的百鸟都飞来朝贺,唯独蝙蝠不到。凤凰责备说:"你在我的统治之下,为何这样傲慢不恭啊?"

蝙蝠说:"我有脚,属于兽类,不是你们鸟类,以什么名义来祝贺你呢?"

又一天,麒麟过生日,也是唯独蝙蝠不到。麒麟也责怪了它。

蝙蝠辩解说:"我有翅膀,属于飞禽,以什么名义来祝贺你呢?"

麒麟和凤凰相会,谈到蝙蝠的事,互相慨叹说:"如今世道,品性恶劣而不厚道,偏偏生出这类不禽不兽的东西,真的是拿它没办法呀!"

死后不赊

有个乡绅,靠着极度的吝啬而发了大财。后来,他身患重病,气息奄奄,就是不肯断气,他哀告妻子说:"我一生苦心积攒、巧取豪夺、贪婪吝啬、六亲断绝,才得到今天的富足,我死后你要剥下我的皮卖给皮匠、割下我的肉卖给屠户、取下我的骨头卖给漆店。"一直到妻子应承允诺了他的要求,他才肯断气。死了半天之后,这个人却又苏醒过来,叮嘱妻子说:"如今世道炎凉、人情淡薄,你可切记千万不可赊给人家啊!"

一钱莫救

有一个人极为悭吝,在外出的路上,遇上河水突然上涨,吝啬得不肯出摆渡钱,自己冒着生命危险涉水过河。人到河中,水势凶猛,把他冲倒了,在水中漂流了大概半里路。

他的儿子在岸上,寻找船只去救助。船夫出价,要一钱才肯前去救助,儿子只同意出价半钱,为了争执救助的价钱相持了好长时间,而且一直没有说妥。

落水之人在垂死的紧要关头还对着他的儿子大声呼喊着:"我的儿子呀!我的儿子呀!如果出价半钱就来救我,若要一钱就不要来救了啊!"

吹管的猎人

从前楚国有一个猎人,非常善于用竹管模仿各种野兽的叫声,能够达到以假乱真、惟妙惟肖的程度。有时候用一种野兽的声音来引诱它的同类以便于捕捉;有时候模仿出更凶猛野兽的吼声吓退对自己有威胁的野兽。

这位猎人自信地带着弓箭、猎枪、火药进了山林,拿出竹管,吹起了鹿叫的声音。

大群的鹿听到同类的召唤,蹦着跳着跑了过来。猎人没费多大力气,就捕杀了很多的鹿。

看到这么容易就获得了这样多的猎物,猎人欣喜若狂,哼起了小调。

他正在高兴,不料远远地看到一只豹子向这边跑来,猎人吓坏了,心想:

"怎么刚才没有想到,豹是最喜欢吃鹿的,鹿的叫声引来了鹿,也引来了爱吃鹿的豹子。现在只有再吹出老虎的声音才能吓走它。"

猎人慌忙抓起竹管,吹起老虎吼叫的声音,豹听到了老虎的叫声,没敢再往前走,掉过头去逃走了。

猎人放下竹管准备收拾东西回家,却不料刚才的老虎叫声又引来了一群老虎。猎人看到这般情景,吓得脸都变了色,好不容易镇定下来,想起了用吹管可以退敌。于是,他吹起竹管,学出了群熊的吼声。

熊的吼叫声在林子里回荡,老虎不敢久留,神色慌张地向林子深处走去。

猎人惊魂未定地坐在一棵大树下面,大口大口地喘着粗气。接连几次的险情已经把他吓得精神崩溃了。

突然,一只熊像一面墙似的出现在他的面前。还未等他喊出声来,就被熊挥掌打死了。

狼子野心

有一个富人偶然捉到了两只小狼,把它们和家里的狗关在一起饲养,小狼也能和狗平安相处。稍微长大之后也还相当驯服,主人竟然忘记它们是狼了。

有一天,主人白天在厅堂里睡觉,忽然听见一群狗汪汪地发出狂怒的叫声。他吃惊地坐立起来,看看周围并无一人,就又躺下接着睡觉。过了一会儿,狗又跟先前那样狂叫起来,他便假装睡觉等着瞧事情的原委。原来那两只狼等候他睡着了,竟想要去咬他的咽喉,群狗狂叫着阻止,不让那两只狼靠近主人。

最后,主人杀了那两只狼,剥了它们的皮。

为虎作伥

在一个山清水秀、花草遍地的山坡上,走来一个读书人,他被这奇丽的风景所吸引,欣赏着优美的风光,信步进入了密林深处。

天色将晚,读书人离开这里,想到附近镇子找个客栈住下,哪知竟迷失了方向,找不到下山的路了。

正惶惑间,看见不远处有个简易木棚。读书人想:

"那里或许会有狩猎的人,权且借宿一夜。"

他走到木棚边,看到里边透出微弱的灯光。他心中一阵高兴,急走几步,进得木棚,只见一个猎人正在棚中吃饭。读书人说明自己的情况,猎人很是同情,对他说:

"就在我这里住一夜吧,夜晚赶路很危险的。这地方老虎很多,碰上它就麻烦了。"

读书人十分感激,猎人让他一块儿吃了晚饭,然后说:

"我们夜里得住在树上,这样会更安全一些。"

两人爬上树,在吊铺上躺下。半夜时分,读书人被什么声音惊醒了,他听到似乎有许多人走动的脚步声和说话声。

一会儿,这些人走到他们藏身的树下,有人发现了猎人为捕杀老虎设置的窝弓,激愤地说:

"这一定是为暗算我们首领而设置的。"说着把窝弓上的弩箭卸了下来,然后扬长而去。

读书人不解地问猎人:

"刚才那些是什么人啊?"

猎人告诉读书人:

"那些人是被老虎害死以后变成的伥鬼。这些伥鬼不仅不仇恨老虎,还甘心当老虎的帮凶,真是太可恶了。刚才他们所说的首领就是老虎啊!"

猎人说完,急忙下树,重新安装好弩箭,刚回到树上,只听一阵风起,一只猛虎窜了过来,前爪正好踏在窝弓的机关上,只听"嗷"的一声惨叫,老虎中箭倒地而死。

读书人要下去看看,却被猎人拦住了。

接着,就看到伥鬼们又匆匆赶来,见到老虎死了,顿时都哭作一团。

齐王嫁女

齐国有一个姓于的人以宰牛为生。于屠夫整天忙忙碌碌、勤劳俭朴,渐渐富裕起来。有一天,屠夫正在忙着宰牛,突然听到邻居有人来喊他,看样子很是着急:

"于大哥,快回家吧!你家里来贵客了。"

屠夫很纳闷,因为他自幼父母双亡,几乎没有什么亲人了,家里怎么会有贵客呢?

屠夫说:

"好吧,等我收拾完这头牛就回去。"

那位邻居却急忙来拦他:

"快把活儿扔下吧!你知道是什么人到你家了?"

屠夫疑惑地问:

"到底是什么人?"

那位邻居压低了声音,凑到他的耳边说:

"是宫廷里来人了,还带来了好多礼物呢!"

屠夫便给弄糊涂了,于是,只好收拾了屠宰工具,洗涮干净,随那位邻居回家去了。

到了家里,果然看到衣着华丽的官员在等着他,并热情地祝贺他:

"恭喜!贺喜!"

屠夫小心翼翼地问:

"不知喜从何来?"

一位官员说：

"齐王看中了你，要把女儿嫁给你，还有丰厚的嫁妆，这岂不是天大的喜事！"

屠夫并没有现出高兴的样子，他沉吟片刻，对来者说：

"请代我转达对国君的衷心感谢，可惜我无福消受这样的恩宠。小民不敢欺骗国君，只好如实禀报，我因少时身患疾病，医生说我不可以成亲。"

官员们回去将情况报告给齐王，此事只好不了了之。

后来，屠夫的朋友听说了此事，问他：

"这么美的事，你为什么拒绝？"

屠夫说：

"凭我卖肉的经验推断，卖不出去的肉绝不会是好肉。"

后来，那位朋友见到了齐王的女儿，发现她果然长得极丑。

丢斧之人

从前有个人把斧子弄丢了，他在家里到处寻找也找不到，于是便想："斧子又没长腿，难道会自己跑了不成？哼，一定是被人偷走的。"

从这天开始，他每天出出进进十分留意邻居们的表情，想探出来个究竟。

后来，他发现前院邻居家的儿子表情有些异常，就开始注意起他来。早晨，看见那家的儿子走出院门，左右看了看，像是心中有鬼的样子。早饭后，丢斧子的人干脆拿了把小凳，坐在门口，仔细观察那家儿子的动静。

那家儿子从地里干活回来，看到他坐在门口，对他笑了笑，然后急匆匆地进了家门。他想：一定是这小子偷了我的斧子，否则，他不会那么神色慌张。我还要继续观察一下再说。

吃过午饭，那家的儿子又走出家门，准备到地里继续干活。他刚一伸头，看到了门口坐着的丢斧子的人，便又缩了回去，进屋待了好一会儿才又出来。

丢斧子的人故意问道：

"你刚才出了门,怎么又回去了?"

那家的儿子说：

"地里干活,有点儿冷,我又回去加了件衣服。"

"加一件衣服要那么久的时间?"

那家儿子看了他一眼,也没说出个所以然来,只是笑了笑,不置可否地匆匆到地里去了。

丢斧子的人想："一定是他偷了我家的斧子,看他说话吞吞吐吐的样子保准没错。"

丢斧子的人觉得毫无疑问可以断定那家的儿子是偷斧子的人了,但是,怎么样才能挑明这件事呢？他左思右想,苦于没有证据,只好又买了把斧子。

一天,他到后山砍柴,无意中发现一棵树下放着一把斧子,仔细一看,原来就是自己丢的那把。

第二天,他一出门,又碰上了前院邻居家的儿子,这回,怎么看那人也不像是偷斧子的人了。

同病相怜

有一位姓张的先生,家里添置了一张非常漂亮的床。床头有木雕的图案,床尾有好看的花纹,摆在那里,为卧室增添了不少光彩。

张先生很想让别人看到这张床,那就会听到许多赞赏的话,因为他特别喜欢听恭维话,于是,决定通知亲朋好友来家里做客,好借此机会炫耀一下自己新买的床。可是,转念一想,似有不妥,因为家里来的都是客人,都是在前厅接待,怎么能看到卧室里的床呢?

想来想去,张先生还真想出一个办法来,那就是装病,告之亲朋好友,凡来探望的,岂不都要到卧室来坐一坐？如此,便可以达到目的了。

于是张先生病卧在床,家里人遵嘱告之几位亲朋好友,说张先生有病,不能前去拜望,因十分想念亲友,希望他们有空过来坐坐。

第一位来看望张先生的是一位姓王的老朋友。

王先生刚巧新买了一双鞋,质地很好,样子也不错,于是,王先生穿着这双新鞋去张家拜访,也想趁机让张先生夸夸自己的新鞋。

王先生到了张府,被张家人引至卧室去见张先生。王先生问候过张先生,便退至坐凳旁,整襟坐下。为了让张先生看到自己的新鞋,故意把衣襟扯到一边,再把一只腿搭到另一只腿上,这样翘着腿,更容易让张先生看到鞋。

谁知道,两个人的注意力都放在自己身上,根本没注意到对方的变化。这样坐了一会儿,张先生只好拍拍床,对王先生说:

"先生请坐近一点,坐到床上来吧,这是我新添置的床,你看怎么样?"

王先生心领神会,立即边夸床好,边指着自己的鞋说:

"新的东西就是不一样,你看我这双新买的鞋,也不错吧?"

两人都怀着一样的心思,自然理解对方现在的心里需要些什么,于是,两人着实地把对方胡乱地吹捧了一通。

吝啬师徒

有一个人吝啬得要命,但觉得自己还吝啬得不够,便想学得更加吝啬。于是,他就去拜另一个更为吝啬的人为师。去见老师时,他用纸剪了一条鱼,又装了一瓶水当酒,作为学生拜师的见面礼。正好那位吝啬老师出门去了,只有师母在家。师母知道了他的来意又收下了见面礼,便叫丫头把一个空杯子端到他面前说:"请喝茶!"接下来,师母又用双手比划出一个圆圈,对他说:"请吃大饼。"

那人刚走不久,吝啬老师回家来了。妻子把刚才发生的事情告诉了他。吝啬老师一听,铁青着脸说:"太吃亏了,太吃亏了!"随即用手画了半个圆圈说:"给那家伙半个饼就足够了嘛。"

迂公坐凳

过去,有一个人因为说话办事太过愚钝而被人称为迂公。

迂公家里有一张板凳,非常低矮。迂公每次坐它,都要拿瓦片砖头来垫高它的四只脚。没过多久,迂公感到这样太麻烦,冥思苦想,终于想出了一个办法。他叫一个仆人把矮板凳搬到楼上去。等到他再去坐时,还是像以前一样低矮。迂公长叹一声:"别人都说楼高,现在看来不是这个样子,这个板凳就是很好的见证。"

精卫填海

发鸠山上,生长着茂密的柘树。那里栖息着一只奇特的鸟,它外形像乌鸦,头上有漂亮的花纹、白白的嘴巴、红红的双脚,名叫精卫,它鸣叫时总是在呼唤自己。精卫本是炎帝的小女儿,名叫女娃。一天女娃到波涛汹涌的东海游泳,不幸沉入海底,再也没回来,因此变成了这只精卫鸟,长年累月地口衔西山上的小枝条、小石子,决意要把那一望无际的东海填平。

临江麋鹿

临江有一个猎人,捕捉到了一只小麋鹿,他很是高兴,决定把鹿带回家喂养。

刚回到家,他家养的一群狗看见小麋鹿,都摇着尾巴围了上来,想吃掉它。猎人很气愤,把狗都赶开了。但是,他不觉担忧起小麋鹿的安全来了。

从那天起,猎人便天天抱着小麋鹿和狗接近,让狗和小麋鹿一起玩耍。他要让狗知道主人喜爱这只小鹿,让狗明白不能咬它。

日子久了,狗都顺着主人的心愿,不敢欺负小麋鹿了。小麋鹿渐渐长大,竟认为狗是自己的好朋友。它和狗们相互偎依,翻滚着玩耍,越来越亲热。那些狗由于害怕主人,也跟它玩得很好,但经常贪婪地舔着自己的舌头,露出一副馋相来。

后来,麋鹿走到门外,看见了别人家养的狗,也跑过去想跟它们玩儿。那些狗看见麋鹿都异常兴奋,不由得龇牙咧嘴地冲上去,很快就把麋鹿咬死分着吃了。直到临死的那一刻,麋鹿才想到自己原来就是一只令狗垂涎欲滴的小鹿。

狂妄的老鼠

永州有一个人,因为自己生肖属鼠,便认为老鼠很可爱。在他家里,从来没有养过猫狗之类能够捕鼠的动物。在他家里,老鼠一向肆无忌惮、无忧无虑,因为他从来不打老鼠。

没过多久,老鼠互相转告,都搬到这户人家来,吃得饱饱的、养得肥肥的。结果,弄得这家屋子里没有一件完好的家具、衣架上没有一件完好的衣服,吃的喝的都是老鼠剩下来的东西。那些老鼠白天成群结队地和人一起行走,夜间到处咬东西、肆意打架,吵闹声简直叫人无法入睡。但这人始终不觉得老鼠讨厌。

几年后,这户人家迁到别的地方去了,另一人家住了进来。老鼠仍是肆无忌惮、活蹦乱跳。新的房子主人说:"老鼠本是在阴暗中活动的坏东西,可这里的老鼠却吵闹得这么厉害,不知为什么会到了这种地步呢?"

主人很是气愤,立刻借来了五六只猫捕鼠;又关闭门窗,撤去屋顶上的瓦,用水浇灌鼠洞;还专门请人围捕老鼠。

这样一来,杀死的老鼠不计其数,尸积如山,扔到偏僻的地方,臭气几个月才消散。

狙公和猴子

楚国有一个以养猴为生的老人名叫狙公。

每天早晨,狙公便召集所有的猴子,叫一只老猴子带领它们上山采摘果实。狙公把猴子采来的果实占为己有,只拿出一丁点儿给猴子吃。如果哪只猴子采的果实不多,狙公便拿鞭子抽打它。群猴受鞭打,吃尽了苦头,但不敢违抗。

一天,猴子们上山采摘果实时,一只小猴子说:"山上的果树是狙公的吗?"

群猴说:"不是的,这是天生的树木。"

小猴又问:"这些果子是不是狙公的呢?"

其他猴子都说:"不是的,谁都可以来摘。"

小猴说:"那么,我们为什么要依靠狙公,而受他奴役呢?"

小猴的话让其他猴子醒悟了。当天晚上等狙公睡熟了,它们合力砸坏了木笼和栅栏,拿了平日它们为狙公采摘积储的果实,都逃到山林里去,再也不回来了。

狙公没有猴子帮他采摘果实,最后竟然活活地饿死了。

假 虎

森林里的狐狸老是骚扰一个住在森林里的楚国人。那个人想尽办法也不能奈何狐狸。有人告诉他说:"虎是百兽之王。天下的野兽见了虎都会吓得失魂落魄,只能趴在地上任由撕咬。"

那个人便叫人做了一只蒙着虎皮的假老虎,把它放在自己家的窗户下面。一天,狐狸走进来碰上了它,吓得惨叫一声,跌倒在地。另一天,野猪在田里糟蹋庄稼。楚人便叫人把假老虎放在田边的草木丛中,叫他儿子背着梭镖,在大路上等候捕捉野猪。看到野猪后,耕田的人们齐声叫喊,猪便向田边的草丛中逃跑,遇到假虎又吓得反转身来向路上跑去,结果人们捉到了那只野猪。

这个楚国人非常高兴,认为假虎可以降服天下所有的野兽。

后来,野外出现了一只像马的动物。楚人也顶着假虎向那只野兽走去。有人阻止他说:"这野兽是一只驳啊,连真老虎都害怕它呢。你要去跟它斗,它会踢死你的。"楚人不听,直冲上前。驳不等楚人近身,飞起一脚,把他的五脏六腑全踢碎了,那个楚国人倒在地上气绝身亡了。

藿菜汤

战国时期,有个郑国的贵族逃难到了一个荒僻的村子,饿得全身乏力。村里的农夫把藿菜煮成汤给他吃,他觉得味道特别鲜美。后来,他回到城里还时常想起藿菜汤的鲜美味道。

于是,他叫人特地去买了藿菜做汤给他吃。可是一尝,觉得味道不好,吃不下去了。

针对这件事,有智者议论说:"藿菜的味道不会变,会变的是人的心境。有的人一旦得势就翻脸不认人了。"

济水商人

有一个商人在渡济水时,济水突然暴涨,把他的船冲翻了,他落入了水中。他抓到一根木棍,在水中拼命挣扎。有一个渔夫驾船去救他。当船来到他的身边,那商人着急地呼喊着渔夫说:"我是济水边有钱有势的人。假如你救了我的话,给你一百金。"等到渔夫载着他送到岸边,他却只给了渔夫十金。渔夫说:"刚才你答应给我一百金的啊!现在却只给十金,恐怕不好吧?"商人忽然把脸一横,怒气冲冲地说:"你是个打鱼的人,一天能够挣多少啊?现在一下子得到十金,还嫌少吗?"渔夫十分沮丧地走开了。

后来,那商人又乘船从济水渡过,又翻了船。渔夫也恰好在那里。别人说:"怎么不去救他呢?"渔夫说:"这是个不守信用的人。"听渔夫讲了上次的事,大家都不愿意去救那个商人。商人便被水淹死了。

人贵在守信,诚信为本,走到哪里都会有人帮你。

金玉其外

杭州有个卖水果的商人,很善于贮藏柑橘,保存一年也不腐烂。取出来以后,仍然是黄灿灿、亮晶晶,外皮像美玉一样细腻,像金子一样闪亮,摆在集市上,价格比原来提高了十倍,人们还是争着购买。有人强挤着买到了一个,刚一剥开,就觉得有一股霉味儿直扑口鼻,再看里面,都已经干枯得像破棉絮了。

玄石戒酒

古时候有一个名叫玄石的人,他嗜酒如命。有一次,他喝酒醉了,酒力像火一样熏灼着他的内脏、蒸煮着他的肌肉骨骼,身体好像要裂开似的,各种药物都治不了。过了三天,才渐渐恢复了过来。他对同伴说:"我知道酒能够害死人的,从今后再不敢饮酒了。"停了不到一个月,饮酒的同伴来了,对他说:"试着尝一点吧。"当天,他只喝了三杯便停止了。第二天增加到了五杯,第三天便增加到了十杯,第四天便一大杯一大杯地往肚里灌了,完全忘记了过去的教训。

最后,他喝酒醉死了。

猩猩喝酒

森林里的猩猩也是嗜爱喝酒的。

猎人为了捕捉猩猩,常在山脚下摆放大坛的美酒,酒坛旁放上大大小小的酒杯。同时把编织的草鞋,一双双地勾连在一起,也放在地上。

猩猩看见了,知道这是引诱它们的,不敢去喝酒。但是它们经不起酒香气的诱惑。过不一会儿,有一只猩猩对它的同伴说:"这酒真香啊,我们小心一点,只少喝一点点儿就行了。"

大家同意,各自到酒坛里去舀酒喝。每喝了一口,便小心地跑开一次。看看周围没有什么动静,猩猩们放下心来。

"没有什么,没有什么。"众猩猩这样说着,各自到酒坛里舀酒喝了。

大概酒味太美,猩猩们实在忍耐不住,便一大口一大口地狂喝起来,不一会儿全喝醉了。猩猩们互相嬉笑玩耍,一个个都把脚套进了连在一起的鞋里面。

这时候,山下的猎人跑了过来。猩猩们因草鞋连在一起,跑也跑不动,惊慌失措、互相践踏,全部都被猎人捉住了。

猱吃虎脑

猱是一种猴子,身体小,爪子锋利,善于攀援和爬树。猱喜欢吃老虎的脑子。但它是怎样吃到老虎脑子的呢?

老虎头上发痒,便叫猱来为它搔痒。猱在老虎头上搔出一个洞。老虎只是感到特别舒服而没有发觉。猱便慢慢地从虎头上的洞里取出老虎的脑浆来吃,它还把一点脑浆献给老虎说:"大王,我偶然得到一点荤腥,不敢自己吃,特来献给您!"

老虎赞叹说:"猱对我可真是忠心耿耿啊!"

老虎吃着自己的脑浆还不知道究竟吃的是什么东西。

时间一久,老虎的脑浆被掏空了,终于感到了极度的疼痛。当老虎发觉自己上了当,再想去追赶猱时。猱早已爬到高高的树上去了。

老虎没有了脑浆,最后疼痛而死。

搔　痒

从前,有一个人不爱洗澡,所以他的皮肤经常发痒。身上感到痒了,便吩咐儿子找到痒处给他搔痒。儿子找不着痒痒的地方,他又叫妻子找,找来找去还是找不着。那个人发脾气说:"老婆、孩子都是我贴心的人,为什么找个痒痒的地方都找不到啊?"无奈,他只好自己动手,一搔就搔到了痒处,看起来自己的痒处还是自己最清楚啊!

穷人和富人

有一个穷人很有骨气,人穷志不短,从来不去讨好富人。

富人对他说:"我有钱,大家都奉承我,你为什么不奉承我?"

穷人说:"你虽有钱,又不肯白白给我,我为什么要奉承你?"

富人说:"那么,我把自己的钱给你一些,你奉承我吗?"

穷人摇摇头:"这不公平,我不会奉承你的。"

富人说:"我把自己的钱分一半给你,你奉承我吗?"

穷人说:"我的钱和你一样多了,何必要奉承你!"

富人说:"那么,我把自己的钱全都给你,你总该奉承我了吧!"

穷人笑道,说:"你真笨,我比你有钱了,应该是你来奉承我才对嘛。"

一毛不拔

有一只猴子,对菩萨说:"做猴子太苦了,请把我变作人吧!"
菩萨说:"好办。不过你要做人,必须把身上的毛拔光。"
猴子说:"我照办就是。"
于是,菩萨叫小鬼替猴子拔毛。
谁知才拔第一根毛,猴子大叫:"痛啊!痛啊!我受不了了!"
菩萨笑道:"做人怎么能一毛不拔呢?"

靶神助战

有一个将军领兵外出打仗。还未开战,便被敌人打得大败。就在这个时候,有一个神仙从天而降帮助将军打败了敌军。

将军连忙向神仙跪下叩头说:"请问神仙大名?"

神仙说:"我是靶子神。"

将军说:"小将我有什么功德,敢劳尊神来相救呢?"

神仙说:"你对我的大恩大德我是怎么也忘不了的啊!你还记得平时在校场练习射箭吗?你可是从来没有把箭射在我身上的呀!"

爱财的人

永州人都擅长游泳。

一天,江水暴涨得很厉害。有五六个老百姓乘小船横渡湘水。小船行驶到河中突然进了水。船上的人纷纷弃船下水逃命。大多数人很快地向河对岸游去,但其中一人虽然也尽力划水,但一直没有游动。他的同伴说:"你是最会游泳的人,今天为什么游不动了呢?"他回答说:"我腰间带着一千铜钱,很沉重,因此游不动啊!"同伴说:"为什么不丢掉它呢?"他没有回答,只是摇摇脑袋。过了一会儿,他累得浑身酸痛。那些已经游过河的人站在岸上向他喊叫着:"你太愚蠢了!真是被钱迷住了心窍!自己快要死了,还要钱作什么用啊?"他还是不住地摇头,吃力地划着水原地不动地挣扎。

最后,他为了保住身上的钱财,被那些铜钱拖到河底去了。

叶公好龙

叶公喜欢龙是在远近出了名的。他在衣带钩上画着龙,在酒杯上刻着龙,在房屋卧室、门窗、梁柱上,全部都雕绘着龙。

天上的真龙听说了这件事,很感动,便下到凡间来看望叶公。真龙把龙头往窗前一放,叫着叶公的名字,叶公吓得屁滚尿流,撒腿就跑。

对牛弹琴

古时候有一个叫公明仪的人,他时常夸耀自己的琴技非同寻常,甚至以为自己弹出的琴声连牛都能打动。

为了显示琴技,他走到一头正在低头吃草的老牛面前,挥动指头连着弹了几下琴弦。可是琴声不但没有打动老牛,而且连老牛身上的牛虻都没有吓走。

后来,这件事情成了人们谈话中的笑料。

猴子捞月

树林里有一口井,很多猴子每天都到井边喝水。

有一天,一只猴子到了一棵树下,看到树下有口井,月影在井中晃动着。

猴子的头领看见井中晃动着月亮,就对其他猴子说:"月亮今天掉到了井中,我们应当共同努力把它捞出来,不然以后每个夜晚都是漆黑漆黑的,多不方便啊!"

其他的猴子一起问:"怎么才能把月亮救出来呢?"

那只老猴子说:"我知道救出月亮的方法,我捉住树枝,你们捉住我的尾巴,一个连一个,就可以把月亮捞出来了。"

其他的猴子都觉得这个办法不错,于是一个抓住一个,挂成了一长串。

可是,它们还没有接近水面,由于连在一起的分量太重,老猴子抓的树枝又太细了,结果树枝突然折断,所有的猴子都掉进了井里。

天　鸡

古时候有一个人深谙鸡的生活习性。他养的鸡，冠子和爪子都不突出，羽毛的色彩也不鲜明，看起来平凡得很，但和别的鸡搏斗时，却是鸡中无敌的强者。它报晓也在别的公鸡的前头，所以人们称它为"天鸡"。

这个人临死时，把他的养鸡秘术传授给了他的儿子。他的儿子却违反了父亲养鸡的方法：不是羽毛美丽、嘴爪锋利的，就不饲养。因此，他儿子养的鸡再也不是早晨啼鸣最早、遇敌勇猛善斗的鸡了，而只是高冠昂首、饮水啄食的鸡罢了。

烧屋灭鼠

有一户人家不知道为什么，老鼠成群结队往他家里跑，把他家糟蹋得不成样子。这家的主人花钱买猫捕鼠，但因养猫不得法，猫不捉老鼠。他又设置了捕鼠夹，但是老鼠碰也不去碰它。他又安放了毒鼠药，可是老鼠也不去吃它。

他虽然对老鼠恨之入骨，可对它们毫无办法。

他左思右想，认为要想把老鼠消灭掉，只有烧屋子了。说到做到，他放了一把火把自己的房屋给烧了。

猫惧老鼠

过去，有一个人，不喜欢别的，只喜欢养猫。猫是捕食老鼠的，他养了一百多只猫,不仅把他家的老鼠捕光了,而且把左邻右居的老鼠也捕光了。猫没有吃的,饿了就叫,这个人索性每天买肉来喂它们。猫生崽,崽又下崽,猫越下越多。后生的猫因为从小吃肉的缘故,竟然不晓得世上还有老鼠。只会饿了就叫,一叫就有肉吃,吃饱了,便懒懒散散、舒舒服服地玩耍嬉戏。

城南有一个读书人,家里鼠患闹得很厉害。老鼠成群结队地跑出来,有一只竟然掉到瓮里去了。为了捕捉这只瓮中之鼠,这人急忙地找到养猫的人家里,借了一只猫回去。猫看到老鼠两只耳朵竖立着,漆黑的眼睛突露出来,长着棕红色的毛,还吱吱地叫个不停,心想这真是个怪物。结果是猫沿着瓮边走,不敢跳下去捉鼠。这个人气恼了,把猫推进了瓮里。猫十分害怕,对着老鼠大叫。过了好一会儿,老鼠不怕猫了,就放肆地啃起猫的脚来。那猫吓得浑身发抖,纵身一跳,逃出瓮子,跑回主人家里去了。

八哥学话

南方有一种鸟,俗称八哥。爱跟人打交道,所以很容易被人捉住。捉住后就把它的舌头剪圆并教它说话,它也学会了几句简单的话,整天叽里呱啦叫个不停。

有一天,一只知了在庭院里鸣叫。八哥听见了,轻蔑地笑了起来。知了对八哥说:"您能像人一样说话,这很好。但您所说的不再是原先自己的话了。哪能像我这样按照自己的意思说话呢?"八哥被知了说得满脸愧色,只好承认知了的话有道理。

吏人立誓

从前,有一个小吏贪赃枉法、罪孽深重,碰上大赦没受到处罚。他于是赌咒说:"以后若再受贿,用手接人家的钱,就长恶疮死掉!"没过多久,有一个打官司的人,送他一笔贿金。这个小吏,因为赌了咒不敢用手接钱。犹豫了一会儿,想出一个办法说:"我的手是不能再接别人的钱了,但我的靴筒还没有接受过钱呢!"

翠鸟做巢

翠鸟为了自身的安全,把鸟巢搭建在树梢上。它们生了蛋,怕蛋滑下来打破,便把巢改筑在了较低的地方。等到小鸟从蛋里孵出来,它们又担心小鸟从巢里掉下来跌死,便又筑了一个离地面较近的新巢搬进住。翠鸟每天衔食哺育小鸟。听着小鸟们吱吱唧唧的叫声,它们高兴极了。等到小鸟羽毛渐渐丰满,更加爱护,由于担心小鸟掉下去摔死,便在离地面更近的地方重筑新巢。但是,它们的巢离人太近了,即使是小孩子一伸手也能捉到它们。

囫囵吞枣

有人说:"梨子对牙齿有益处,却损害脾脏;枣子对脾脏有好处,却损害牙齿。"

有一个傻乎乎的年轻人为这句话想了很久,猛然醒悟说:"我如果吃梨子,就只嚼不吞,那样不会损害我的脾脏;如果吃枣子,就只吞不嚼,也就不会伤害我的牙齿了。"

旁边上有一个爱开玩笑的人风趣地说:"老弟呀,你这是将枣囫囵吞下去啊,真了不起嘛!"

其他人都被逗得开怀大笑。

龟和天鹅

在一个水池子里,住着一只乌龟。它有两个朋友,是两只天鹅。这里出现了大旱,十二年没有下雨。两只天鹅就琢磨起来:"这个池子里的水已经干了,我们俩到另外一个有水的地方去吧!不过呢,我们一定要跟我们相识很久的亲爱的朋友乌龟商量商量。"

它们对乌龟谈了自己的想法以后,乌龟说道:"为什么跟我商量呢?我是一个水里生的东西;现在,这里只剩下一点点水了;而同你们俩分离,我心里又难过,我不久就完蛋了。如果你们俩对我真正有什么感情的话,就请你们把我从这个死神的嘴里救出去吧。你们俩在这一个水很少的池子里所缺少的,仅仅只是吃的东西,而我呢,却要死在这里。因此,你们请想一想吧,没有吃的和没有性命,究竟哪件事严重呢?"

天鹅说:"我们俩没有法子把你这样一个没有翅膀的生在水里的东西带走呀!"乌龟说道:"有一个法子。你们拿一个木头棍子用嘴牢牢地咬住棍子的两端,飞起来,在天空里平平稳稳地飞过去,一直找到一个非常好的水池子。"它们俩于是说道:"这个法子看起来很危险呀!如果稍微说上那么一句话,你就离开棍子,从老高的天上掉下去,摔成碎片。"乌龟说:"从现在起,我就坚持沉默,你们在空中飞行多久,我就坚持多久。"

事情就这样做了,那两只天鹅好歹把乌龟从水池子里拖上天去,当它们带着它飞过附近的城市的上空时,下面的人看到乌龟,就从低处发出了一阵低低的呼声:"这两只鸟在天空里拖的是辆什么样的车子呀?"乌龟听到了这呼声,它竟轻率地说起话来:"这些人胡说一些什么呀?"刚一张嘴说话,这个傻瓜就从棍子上掉下去,落在地下。就在这时候,那些想吃肉的人就用尖刀把它割成了碎块。

歌舞木人

从前,有一个能工巧匠辗转走到一个国家,用木头做了一个"机器人"。这个木人相貌端正,看起来同活人没有什么差别。匠人给木人穿上颜色鲜艳的衣服,使它显得聪明无比;木人还能歌善舞,一举一动,就像真人一样。匠人同别人说:"这是我的孩子,已经出生好多年了。"对于这个匠人,这个国家的居民都很尊重和恭敬,赠送给他许多东西。

当时,这个国家的国王喜欢各种技艺,听说了这件事以后,就让匠人到宫中表演这一技艺。国王和夫人坐在楼阁中观赏。这个木人表演了歌舞,各种动作——比如行走跪拜,比活人演得还好。国王和夫人都特别高兴。

于是,这个木人便眨动眼角,一直瞧着国王的夫人。国王从远处看见木人的举动,心中愤怒,命令侍从立即砍下他的头来。并且说道:"他为什么眨动着眼睛一直看着我的夫人?"国王以为木人这样看着夫人,必定是心怀歹意。

这木人的父亲哭喊起来,流下一行行眼泪,一直跪在地上,请求国王饶命:"我只有这一个儿子,特别喜欢他。这孩子的行走坐卧,都能消除我的忧愁和苦闷。我实在没有想到,会有这样的过错。假如大王您要杀死他,我就跟他一起死吧!我只是想请求大王可怜我们,原谅他的罪过。"

这时,国王特别生气,不肯听从这种哀求。于是,这木人的父亲又对国王说:"大王若是一定不让他活了,我愿意亲手杀死他,请不要让别人动手吧。"

征得国王同意,匠人开始拔掉木人肩上的一个木屑,解开了各种机关,木人便散落在地。看到这些,国王十分惊奇:"我是怎么的了,为什么要对一堆木材生气呢?"

这人技艺的高超和巧妙,真是天下无双。他做的这个"机器人",在很多方面都要胜过活人。于是,国王赏赐他万两黄金,他拿着这些黄金,走出了宫廷。

无我境界

夔用一只脚走路,整天都是那样蹦来蹦去的,它从来都未感到有什么不方便。有一天它看见一只多脚的虫子正在地上爬,便好奇地问:

"喂,你怎么会有那么多脚呢?我一只脚已经足够了,走得挺好的,你那么多的脚走起来该多麻烦呀,我真不知道你是怎么摆弄那么多脚的。"

虫子却说:

"您怎么会有这种怪念头,在我看来,一只脚走路反而不可思议,多脚走路会很稳、很方便的。再说,走路是我们生来就会的事,从来也没有认真去想该先迈哪条腿,后迈哪条腿,只要顺其自然地动起来就是了。"

虫子舞动着它那满身的脚爪走了,走不多远,看到了蛇。虫子吃惊地看着蛇扭动着身子,一眨眼的工夫就到了虫子的身边。虫子连忙喊住蛇:

"喂,停一停!"

蛇听到了喊声,停止了爬行,转过身来,问道:

"是叫我吗?有什么事情?"

虫子走到蛇的跟前,问道:

"请你告诉我,你走路用的是什么呀?怎么没有看见你的脚,却只看见你走得飞快?我自己有这么多脚走得还没有你快呢?"

蛇说:

"只要能使身体前行,有没有脚有什么关系呢?我很习惯用腹部的力量带动身体前行,觉得这样很自然,也很方便。"

一阵大风刮过,扬起了满天的尘土。风停之后,蛇对风说:

"喂,风,你在哪里?你也和我们一块儿聊聊天。"

风说:

"你们在聊什么?"

蛇说:

"我们在谈走路,我们无论有没有脚、无论有多少脚,总归有实实在在的躯体在运动,你连形体都没有,是怎么从很远的地方来的?"

风说:

"我虽然没有具体的形状,但是我能撼树摧房,人类只有达到像我这样无我无为的境界,才能真正成就大事业。"

聪明人、傻子和奴才

奴才总是寻人诉苦。只好这样,也只能这样。有一日,他遇到一个聪明人。

"先生,"他悲哀地说,眼泪连成一线,就从眼角上直流下来,"你知道的。我所过的简直不是人的生活。一天未必有一餐,这一餐又不过是高粱皮,连猪狗都不吃的,尚且只有一小碗……"

"这实在令人同情。"聪明人也惨然说。

"可不是么!"他高兴了。"可是做工是昼夜无休息的——清早担水晚烧饭,上午跑街夜磨面,晴洗衣服雨张伞,冬烧汽炉夏打扇。半夜要煨银耳,侍候主人耍钱。头钱从来没分,有时还挨皮鞭……"

"唉唉……"聪明人叹息着,眼圈有些发红,似乎要下泪。

"先生!我这样是敷衍不下去的。我总得另外想法子。可是什么法子呢?"

"我想,你总会好起来……"

"是吗?但愿如此。可是我对先生诉了苦,又得你的同情和安慰,已经舒坦得不少了。可见天理没有灭绝……"

但是,不几日,他又不平起来了,仍然寻人去诉苦。

"先生!"他流着眼泪说,"你知道的。我住的简直比猪窝还不如。主人并不将我当人,他对他的巴儿狗比我还要好到几万倍……"

"混账!"那人大叫起来,使他吃惊了。那人是一个傻子。

"先生,我住的只是一间小破屋,又湿、又阴,满是臭虫,睡下去就咬得真可以。秽气冲着鼻子,四面又没有一个窗……"

"你不会要你的主人开一个窗吗?"

"这怎么行?"

"那么,你带我去看看!"

傻子跟奴才到他屋外,动手就砸那泥墙。

"先生,你干什么?"他大惊地说。

"我给你打开一个窗洞来。"

"这不行!主人要骂的!"

"管他呢!"他仍然砸。

"来人呀!强盗在毁咱们的屋子了!快来呀!迟一点可要打出窟窿来了!……"他哭嚷着,在地上团团打滚。

一群奴才都出来了,将傻子赶走。

听到了喊声,慢慢地最后出来的是主人。

"有强盗要来毁咱们的屋子,我首先叫喊起来,大家一同把他赶走了。"他恭敬而得胜地说。

"你不错。"主人这样夸奖他。

这一天就来了许多慰问的人,聪明人也在内。"先生,这回因为我有功,主人夸奖我了。你先前说我总会好起来,实在是有先见之明……"他大有希望似的高兴地说。

"可不是嘛……"聪明人也代为高兴似的回答他。

(鲁迅)

狼挂钩

天黑了,有一个屠夫挑着一担没有卖完的猪肉急急忙忙回家。忽然,一只狼跑来,看见担中的肉,馋得流出了口水。屠夫看到了狼,吓得疾步而行,狼在后面紧紧跟着,没有半点松懈的意思。屠夫害怕了,便拿出白晃晃的屠刀,狼稍微退后了一些。待屠夫挑担一走,狼又跟上来了。

屠夫实在摆脱不掉狼,在心中盘算起来:狼想要的,无非是担中的肉。

不如暂且把肉挂在树上,待明天一早再来取也不迟。于是,他用铁钩儿钩好肉,踮着脚把肉挂在了树杈上,又特地让狼看看那空空的担子。狼这才停止了追赶。这时,屠夫便撒腿跑回了家。

第二天,天刚蒙蒙亮,屠夫就去取肉。他远远地看见那树上悬挂着一个巨大的家伙,好像是一个人吊死在那里,可把他吓坏了。他犹豫了片刻,迟疑地走近一看,原来是昨天那只狼吊死在那里了。屠夫抬头细看,只见狼的嘴里咬着肉,那锋利的挂钩钩住了狼的上颚。那样子,就像鱼吞了钓饵一般。

屠夫很幸运地得到了一张狼皮,狼皮很贵,他把狼皮卖了,赚了不少钱。

势利狗

狗最势利,欺贫敬富。看见穿得破破烂烂的人,便向他狂吠,甚至要扑上去咬。看见衣着华丽的富贵人,就摇尾乞怜,献媚讨好。

一天,狗独自在郊野上走,忽然看见一只金钱豹迎面而来。狗远远看见,就高兴地说:"看他满身披着金钱,必是富贵之人。我应该热情地去欢迎他。"

狗很快来到豹子面前,摇着尾巴表示欢迎,做出各种亲热献媚的样子。

金钱豹好几天没有吃东西了,看见有只狗主动送到自己嘴边,张口就吃掉了这只摇尾巴的狗。

老虎和刺猬

有一只老虎肚子很饿,想找点吃的东西,但一直都没有找到,正忧愁之际,忽然看见一只刺猬在草地上仰躺着身子晒太阳。老虎高兴地猛扑过去,一口咬住了刺猬。

刺猬没有想到老虎会偷袭它,来不及逃走,急忙把身体蜷缩成一团。尖锐的刺扎进了老虎的嘴巴。

老虎被刺得满口是血,痛得难熬,连蹦带跳、又吼又叫,好不容易才把刺猬甩掉。

老虎吃了这次亏,再也不敢轻视刺猬了。

一天,老虎走过栗树下面,看见满地栗壳,以为这些浑身带刺的东西都是小刺猬。它不敢再咬这些带刺的东西了,便小心翼翼地对栗壳说:"前次我碰见过你们的父亲。你们刺猬的确厉害,我已领教过了,咱们和睦相处,互不侵犯好吗?"

酬谢救火

有一位客人去拜访旧友,发现他朋友家炉灶上的烟囱砌得太直,灶旁又堆了许多柴草,慌忙劝他朋友说:"你应该把烟囱改砌成弯曲形状,把柴草搬开,离灶远一点儿,不然的话,将会引起火灾的。"

他的朋友没有把他的话听进去。

没过多久,他的朋友家果真失火了。幸亏邻居们及时赶来奋力抢救,才把火扑灭了。

于是,主人宰牛摆酒,酬谢救火的人们。请那些救火时被烧得焦头烂额的人坐在上席,其他救火的人也都被请来依次入座,偏偏没有请早先那位劝告他改灶搬柴的客人。

有人对主人说:"假如你当初听从了那位客人的忠告,改砌了烟囱,挪开了柴草,就不会有这场火灾了。今天论功请客,为什么倒把他忘了呢?"

那人恍然大悟,立刻去请那位客人来。

戴 高 帽

大家把奉承别人说成戴高帽。

有一个在京城做官的人被派到外地当官,于是他去向他的老师告别。

老师嘱咐说:"外地做官不容易,要谨慎些。"

那人说:"老师请放心。我已准备了一百顶高帽子,逢人就送他一顶,这样就安全多了。"

老师听了生气地说:"我们要以正直的行为来待人接物,怎么可以给人戴高帽子呢?"

那人说:"老师息怒,我认为天底下没有几个像您这样正直的人了。"

老师听了心中很舒服,点点头说:"你说的话不是没有道理。"

从老师那里出来后,那个人对别人说:"我的一百顶高帽子,现在只剩下九十九顶了。"

愚人挨打

古时候有个愚蠢的人,头上光秃秃的,一根头发也没有。

有一次,有个人拿梨子使劲儿打他的脑袋,一连打了两三下,每下都有破伤。而这个蠢人却默默地忍着疼痛,不知道躲开点。

旁边一个人见了,对他说:"你为什么不躲开呢?站在那儿一动不动地干挨,瞧头都给打破了!"

蠢人回答道:"打我的那个家伙,高傲自大,只凭着他有把力气,其实愚蠢得很,无知得很。他见我头上没有头发,就以为是光光的石头,所以用梨子把我的头打成这样。"

旁边那人说:"你自己愚蠢,怎么反说人家愚蠢呢?你要不愚蠢,也不会被别人打破了脑袋还不知道躲一躲。"

蠢人认兄

从前有一个人,相貌英俊,智慧聪明,家里又有很多钱财,世人没有不称赞他的。当时,有一个愚蠢的人便对别人说:"那是我哥哥。"之所以这样说,是因为那个人很有钱财,他要花钱的时候,就可以拿来用,因而叫人家哥哥。

后来,那个人向蠢人讨债,蠢人便说:"你不是我哥哥。"

旁边的人感到奇怪,就问他:"你这个蠢材,为什么要钱花的时候,就叫人家哥哥,人家向你讨债。你就又说他不是你的哥哥?"

蠢人答道:"我因为想得到他的钱财,才认他为哥哥。其实他并不是我的哥哥。他要向我讨债,我当然不能叫他哥哥了!"

在场的人听到这番话,没有一个不耻笑这个蠢人的。

愚人夸父

从前有一个人,当着众人的面赞扬自己父亲的美德,他说:"我的父亲慈善仁爱,不伤害别人,不偷盗他人的财物,说话老实可信,而且还广行布施。"

这时,有个愚蠢的人听了这番话,就对那人说:"这有什么了不起!我父亲的德行胜过你的父亲。"

众人就问他:"你父亲有哪些高尚的德行?请说给我们听。"

这个蠢人回答:"我的父亲,从小时候起就断绝了情欲,一切淫秽的行为从来没有沾染过。"

大家听了,问他道:"你父亲要是从小就断了男女之欲,怎么会生出你来?"

蠢人被问得张口结舌,无言答对。

建三层楼

古时候有个人,家里十分富有,就是愚蠢得很,什么道理都不懂。

一天,他到另一个富户人家去,见到一座三层楼房,高大华美、宽敞明亮,非常羡慕。

他心想:"我家的钱财不见得就比他家少,为什么以前不也造这样一座楼呢?"

于是,他把木匠叫来问道:"你会不会建造他们家那样漂亮的楼房?"木匠说:"那就是我设计建造的啊!"

这人就说:"那好,现在你就为我按那种样子造座楼!"

当下,木匠就动手测量地基,和泥垒坯,忙着建起楼来。这个蠢人见木匠一层层地垒坯造屋,心里疑疑惑惑的,不明白这到底是要干什么,就憋不住问道:"你打算造什么样的楼呀?"

木匠回答说:"当然是三层楼啊!"

蠢人忙说:"我不想要下面那两层,现在你就给我造最上面的一层吧。"

木匠回答说:"没有这种事!哪有不先造最下面一层就造第二层楼的?不造第二层楼,又怎么能造第三层啊!"

这个蠢人坚持说:"我今天就是不要下面那两层,你非得给我造最上面那层不可。"

当时在场的人听了,笑得腰都直不起来了。

两鬼争宝

从前,有两个鬼合伙弄来了一只箱子、一根手杖、一双木屐。两个鬼互相争夺,都想独自占有这些东西。他们争来吵去,嚷嚷了一天也没能停下来。

这时,有一个人走过来,见他们争得难分难解,就问道:"这箱子、手杖、木屐都有什么奇异的功用,值得你们这般竖眉瞪眼地争执?"两个鬼回答:"我们这只箱子,能变出来一切衣服、饮食、床褥卧具,凡日常生活所需之物,它都能变出来;谁要是握着这根手杖,积怨很久的敌人也会归顺、臣服,不敢再与他为敌;谁穿上这双木屐,能让他在空中飞行自如,无遮无挡。"

这人听了这番话,就对那两个鬼说:"你们离得稍远一些,我能为你们分得公平合理。"鬼听他这么一说,果然马上远远地躲开了。这人随即抱住箱子、握着手杖、蹬上木屐,飞上天空。两个鬼傻愣了半天,最后什么也没弄到手。

这人在空中对鬼说:"你们两个所争的东西,我已经都拿走了。现在你们再也没有什么好争的了!"

暴躁莽汉

从前,有一群人坐在屋子里闲聊,当谈起某个人的时候,大家都称赞他德行极好,只是有两个缺点:一是喜欢发脾气;二是做事情莽撞急躁。这时,那个人正好从门口经过,一听这话,火气腾地上来了,立即闯进屋里,抓住刚才说他缺点的那个人,动手就打。

旁边的人问他:"你为什么打人?"

这人回答说:"我过去什么时候喜欢发脾气?什么时候急躁莽撞?这个人却说我爱发火,做事急躁鲁莽,我不打他打谁啊?"

一旁的人说道:"今天你这爱发火、急躁鲁莽的缺点还显露得不够吗?为什么还怕别人说呢?"

爬楼磨刀

古时候有个人,家境贫穷困苦。为了谋生,他就去给国王干活,年月久了,身体变得十分瘦弱。国王见了,觉得怪可怜的,就赏给他一头死骆驼。

这人把死骆驼弄回家后,立即动手剥皮。可是刀子太钝了,用起来很不顺手,他想找块磨刀石磨一磨。他在楼上找到了一块磨刀石,就磨了起来,刀磨快了,然后走下楼来剥皮。剥了一会儿,刀又钝了,他就再爬上楼去磨,磨快了,再下来剥。这样上来下去,下去上来,跑了好多趟,弄得疲惫不堪。他担心再折腾几趟,楼也爬不上去了,于是就把死骆驼吊起来,拉上楼去,就着石头磨刀、剥皮。这种不知道将磨刀石拿下来而将死骆驼吊上去的愚蠢做法,广为人们所耻笑。

牧 羊 人

从前有一个人,懂得很多养羊的技巧,他的羊群繁殖很快,没有几年就达到上万只。可这个人极为吝啬,从来不肯破费一个钱来办正经事。又有一个人,善于花言巧语地骗人,就想了个计策,去跟他套近乎、交朋友。那人对他说:"如今我和你成了最亲密的朋友,咱俩就跟一个人一样,不分彼此。我知道有户人家有一个漂亮的姑娘,我这就去替你求亲,让她给你做媳妇。"

牧羊人听了这话,十分欢喜,就给了那人许多羊和各种财物。没过多久,那人又来对他说:"你媳妇今天生了个儿子。"牧羊人从没有跟媳妇见过面,听说已经给自己生了儿子,心里更加欢喜,就又给了那人许多财物。

隔了些日子,那人又跑来对牧羊人说:"你儿子现在已经死了。"牧羊人一听,伤心地大哭起来,呜呜咽咽,泪流不止。

五十里与三十里

古时候有一个村落,离都城有五十里远。这个村里的水十分甘甜,国王就命令村里人,天天给他送这甘甜的水。村民们受不了这劳苦,都想迁移到别的地方,远远离开这个村子,躲开这种苦役。这时,村长对乡亲们说:"你们先别走,我这就去国王那里替你们求情,把五十里改成三十里,让你们离京城近些,这样天天往来就不疲劳了。"

于是,村长就进城向国王提出了请求,国王立即把五十里改成了三十里。众村民听说后,都非常高兴。有一个村民却说:"这路程本来就是五十里,把它说成三十里也没有什么不同。"

大家听了,还是相信国王的话,到底不肯离开这个村庄。

镜中之人

从前有一个人,家里十分贫穷,他欠了人家好多钱财,可没有东西拿来抵偿,就只好逃出去躲债。一天,他来到人迹罕至的荒郊旷野,见地上有只箱子。这箱子里满是珍贵的珠宝,珠宝上有一面晶亮的镜子覆盖着。这穷人发现后,心中欢喜万分,立刻打开箱盖来看。他一眼看见镜子里有个人,吓了一大跳,连连叉手作揖,说:"我以为是只空箱子,没有东西。不知道是您老兄在里边,请莫见怪,莫见怪!"

偷 牛

某地有个村子,有一次,全村人合伙儿偷了外面一头牛,回来又合伙杀吃了。丢牛的人跟着脚印追寻,来到了这个村子。他把村里的一个人找来,想打听牛的下落,问道:"你在不在这村子住?"

偷牛的人回答:"我们这里压根儿就没有村子。"

丢牛的人问:"这村子里有个水池,你们是不是就在水池边一块儿把牛宰吃了?"

偷牛的人回答:"村里没有水池。"

又问:"水池旁边有树没有?"

回答说:"没有树。"

又问:"偷了牛,你们是不是打村子东边回来的?"

回答说:"没有东边。"

又问:"你们偷牛的时候,不正是中午吗?"

回答说:"没有中午。"

丢牛的人说:"纵然可以没有村子、没有水池,甚至没有树,可天下怎么会没有东边、没有中午呢?可见你说的全是谎话,没一句可信的。老实告诉我,你偷牛吃了没有?"

偷牛的人回答说:"实在是吃了。"

我是鸳鸯

很久以前,有个国家有这么个风俗:逢到年节吉庆的日子,所有妇女都要戴上优钵罗花编织的花环作为装饰。

有个人很穷,节日来临之际他的妻子对他说:"你若能弄来优钵罗花给我,我就继续做你的妻子,若是弄不来,我就离开这个家。"

这丈夫原来很会学鸳鸯叫。听妻子这么一说,他就溜进国王的池苑,边学鸳鸯叫,边伺机偷摘优钵罗花。这时候,看守池苑的人发觉有响动,就高声喝问:"那池里是谁?"

这穷人一听慌了神,失口答道:"我是鸳鸯!"

看守池苑的人抓住了他,要把他带到国王那里去。半道上听见鸳鸯的叫声,他又情不自禁地跟着叫起来。守池人说:"你早先不学叫,这会儿叫还管什么用?"

罗刹戏衣

从前,某地有一班演戏的艺人。有一年遭了饥荒,他们就到其他地方去谋生。路上得经过一座大山,山里平常有很多吃人的罗刹鬼。这班艺人行至半山,天色已晚,只好在山里过夜。山中风啸气寒,露宿十分困难,他们燃起篝火,在靠近篝火的地方睡下了。

半夜,有个艺人被寒风吹醒,就起来穿上演戏用的罗刹服装,对着火坐着取暖;这时,一个同伴从睡梦中醒来,猛然看见火堆旁坐着个罗刹,竟来不及细看,大叫一声"有鬼",丢下大伙儿就跑。正睡着的艺人被突然惊醒,以为真是罗刹鬼来了,都爬起来没命地逃奔。那个穿罗刹戏装的艺人也跟在大伙后面跑。前边的人看见他在后面追,只以为是罗刹赶来捉人吃,倍加恐慌,他却生怕落得太远,被罗刹吃掉,更是紧追不舍。这样,众艺人翻山涉水,沟里滚,壑里爬,一个个遍身伤痛、疲惫万分,以致倒在地上爬都爬不起来了。大伙儿直跑到天亮,才知道后面追来的不是罗刹鬼。

五百个面饼子

从前有个妇人,品行不端、荒淫无度。她憎恶她的丈夫,常常想办法,设计谋要把他害死。各种法子都用了,可都没能得逞。

这天,丈夫要出使邻国,这妇人以为时机到了,就暗暗定下一计。她赶做了五百颗掺了毒药的面饼子,想用这来害死他。临行时,妇人装出十分体贴的样子对丈夫说:"你就要出使远方了,我怕你一路上食用短缺,就赶做了这些面饼子,送给你作干粮。你出了国界,到了他国境域,饥饿困乏的时候,就可以拿出来吃。"

丈夫听信了妻子的话,带上五百个面饼子走了。他来到邻国的地盘,还没有来得及吃,天就黑了。看看无法再赶路,他就决定在树林里过夜。这位使臣怕猛兽伤害自己,就爬上大树躲避起来,带的面饼子却放在树下,一时忘了。说来也巧,这天夜里正好有五百个盗贼,盗了那国国王的五百匹马和许多宝物,也来到树下休息。盗贼们一路跑得仓促,都十分饥饿,见树下正好有五百个面饼子,欣喜非常。众贼一人一个,拿来就吃。这药毒性剧烈,不一会儿药力发作,五百个盗贼都死在了树下。天亮以后,树上这人见这群贼僵死在树下,下来用刀砍、用箭射,把尸体弄成战死的模样,然后赶着马匹、驮着宝物,向那城里飞驰而去。

这时,国王带了许多人马,顺着盗贼的踪迹一路追来,半路上他们相会了。国王问这使臣道:"你是什么人?在哪里弄到这么多马?"他回答说:"我是某国的使臣,来贵国的路上碰到了一群盗贼,我奋力射箭、砍杀,那五百贼子都已死在一棵大树下面。所以我夺得了马匹和财宝,正准备来投奔大王。大王如果不信,可派人到我杀贼的地方查看尸首上的刀箭伤痕。"

国王立刻派亲信前去查看,果然像他说的那样。国王十分高兴,赞叹这是前所未有的壮举。回到城里以后,国王对他大加封赏,赐给他许多珍宝,还分给他一些庄田。国王的那些旧臣们都很嫉妒他,于是对国王说:"那人是外国人,不能信任,为什么突然之间得到的恩宠,受到的封赏大大超过了您的旧臣?"使臣听说了这话,就说:"谁要有胆量、会武艺,想跟我较量一下,请到平坦的地方来比个高低输赢!"诸大臣都愣住了,没人敢和他比试。

后来,那个国家的旷野里有一头凶猛的狮子,常常拦路伤人,一时通往城里的大道都给断绝了。那些旧臣们在一起商议道:"远方来的那人,自称勇敢骁健,没人敢敌。如今若能再去杀掉那头凶恶的狮子,为国除害,那才真正算得上奇智大勇。"商量妥当,他们就向国王提出了这条建议。国王听了旧臣们的话,就赐给使臣刀棍,立刻派他前去捕杀狮子。

使臣接受国王的诏令后,只好鼓足勇气、坚定信心,向狮子出没的旷野走去。狮子一见那人,便抖起威风、狂吼怒斥、腾跃奔来。使臣惊恐万分,立刻爬上一棵大树。狮子张开血口,仰头望着树上。使臣又急又怕,仓皇之间,手里握着的尖刀掉了下去,正好落在狮子口里。狮子惨叫一声,立刻死去。使臣见狮子倒在血泊里,欣喜异常,飞速跑回去报告国王,国王更是对他大加封赏。

这时,该国的臣民们也终于对他表示敬服,男女老幼莫不赞叹有加。

夫妇分饼

从前有一对夫妇,经常在一些吃喝小事上争执。一次,家里烙了三张大饼,两人分着吃。他们每人先各吃了一张,还剩下一张,丈夫说"应该我吃",妻子说"应该我吃",不肯相让。争到最后,两人只好商订了一个条约:谁要先开口说话,就不给他(她)饼吃。有了这个规矩,俩人的嘴就像用针缝起来了一样,谁也不敢先言一声。

说也巧,过了一会儿,有个窃贼溜进屋里偷东西。贼把家中值钱的东西拿了个一干二净,可因为有约在先,夫妇二人都眼睁睁看着贼偷盗,就是不吭一声。贼见他们不言语,越发胆大,最后竟当着丈夫的面动手动脚地侮辱起妻子来了。而丈夫眼看着仍不做声,妻子实在急了,高声喊叫"有贼",又朝丈夫嚷道:"你这个蠢货!为了一块饼,竟看着自己老婆被人作践而一言不发!"

话音未落,丈夫连连拍手笑道:"啊哈!这饼已经归我了,你吃不成了!"

骆驼和瓮

从前有个人,原先在瓮里装了些谷子。一次,家里的骆驼把头伸进瓮里吃谷子,结果头出不来了。这人摆弄了半天,想了不少点子,还是不奏效。正急得团团转的时候,有位老人走来对他说:"你不用发愁,我教给你个好办法。你把骆驼头砍下来,它自然就出来了,你只要按我说的去做,头一定能马上出来。"这人一听,觉得蛮有道理,于是就照老人说的,拿来快刀,把骆驼的头砍了下来。骆驼已经被杀死了,可头还是弄不出来,最后只好把瓮也砸破了。像这样愚蠢的人,自然是要被大家笑话的。

金鼠狼

从前,有一个人正在行走,在路上捡到了一只金鼠狼,心中万分欣喜,就把金鼠狼揣在怀里。

过了一会儿,他来到一条大河边,要渡过去,就把衣服脱下来放在地上。刚放下,金鼠狼就变成了一条毒蛇。行路人非常舍不得丢下金鼠狼,就冒着被咬死的危险,抱着毒蛇游渡过河。毒蛇被他的真诚所感化,居然又变成了金子。

有一个蠢人,看见毒蛇变成了金子,便以为凡是蛇都能够这样。于是也弄来一条毒蛇,揣进怀里,结果被毒蛇咬了一口,白白丢了性命。

瓮中人影

从前,有位长者的儿子新娶了媳妇,小两口儿互敬互爱,生活十分美满。一天,丈夫对妻子说:"你到厨房里打些葡萄酒来,咱们共饮几杯。"妻子来到厨房,打开酒瓮,正要舀酒,忽然看见有个女子的身影在酒瓮里。她以为家里一定还有个年轻女子,非常生气,转身回到屋里对丈夫说:"你本来就有个老婆,藏在酒瓮里,还把我娶来干什么?"丈夫一听,立刻起身到厨房去看个究竟。他打开酒瓮,却看见了一个男子的身影,就返回来怒斥妻子,说她把一个男子藏在了瓮里。两人愤愤地相互指责,都嚷着说自己眼见的是事实。

有一位年轻人,跟这长者的儿子平素往来密切,情谊笃厚。这天他来造访,正遇上小两口儿一声高一声低地争吵,就问是什么缘故。夫妻二人把各自所看见的说了一遍,年轻人觉得有些蹊跷,又到厨房查看,结果从酒瓮里看见了一个男子的身影。他生气地对长者的儿子说:"你们已经有了个好朋友,见我来了,将他藏在酒瓮里,还装模作样地争吵什么啊?"

说完,就头也不回地走了。

不一会儿,又有个老太太来到了长者家。她听了夫妻二人争吵的原因,就也去打开酒瓮一看,却看到里面藏着个老太太,便也悻悻地离去。

没隔多久,有一个聪明人到厨房去看个究竟。他打开酒瓮,才明白里面是人影,于是感慨地叹道:"你们啊,以空为实、拿假当真,愚昧,真是愚昧!"聪明人把夫妻俩都叫进厨房,说道:"我能把瓮里的人给你们叫出来。"说罢搬来一块大石头,照着酒瓮就砸。瓮破了,酒也流完了,可连个人影也没见。

夫妻俩一下子明白过来了,原来这"瓮中人"就是自己的身影啊!小两口儿你看我,我看你,羞得面红耳赤。

孔雀笑痴

很久以前,有一只孔雀王,带着五百孔雀王妃,一起游历群山。一天,孔雀王看见一只青雀,模样十分漂亮,就丢下那五百妃子,去追逐青雀。青雀每天只吃甘露和鲜美的果子。

当时,国王的王后生了病,夜里梦见了孔雀王。王后醒来后对国王说:"请大王出重赏为我募求孔雀王。"于是国王把射手们召来说:"谁能捉得孔雀王回来,我赏给他金子一百斤,另把女儿嫁给他做妻子。"射手们立刻到各山林去搜寻,果然见孔雀王跟一只青雀嬉戏。一位射手用拌了蜜的麦屑涂在每一棵树上,孔雀王天天来为青雀取食蜜麦屑,对这些也习以为常了。后来,射手把蜜麦屑涂在自己身上,孔雀王以为是树,就来衔取,一下子被人抓住了。孔雀王对射手说:"我把这一山的金子都给你,你把我放了吧。"射手说:"国王自会给我金子,并且还有媳妇,我已经心满意足了。"

射手带着孔雀王回来面见国王。孔雀王对国王说:"大王特别宠爱王后,所以才把我捉来。请大王拿些水来,我念动咒语,再把这水给王后饮用、洗浴,如果她的病仍不见好,再杀我也不晚。"国王就取来些水,交给孔雀王念咒，然后让王后喝下，王后的病果然好了。这样一来，宫里宫外，患有各种病症的人们，都因喝了这水而痊愈。国王的臣民百姓来取水的，每天不计其数。

孔雀王对国王说："大王可以把我的脚系在木头上，让我随意在湖水中往来念咒，使远远近近的老百姓可以尽情地取水。"国王说："太好了！"就命令左右把木头浮在湖水当中，让孔雀王脚上绑着绳子，以此为中心在湖水四面往来念咒。百姓们喝了这湖水，耳聋的听得见了、眼瞎的看得见了、罗锅伸直了腰、跛子并齐了腿，人们都很感激孔雀王。于是孔雀王对国王说："如今国内的各种顽症杂病都已经治好，百姓们供养我，跟供奉天神没有两样，我现在已经没有离开这里的念头了。大王可以解开我的脚，让我自由来往，白天飞到湖中，夜晚就在这梁上歇息。"

国王就让人解开孔雀王脚上的绳子。孔雀王果然白天飞往湖中，晚上飞回栖息，这样几个月过去了。一天，孔雀王在梁上大笑起来，国王忙问："你笑什么？"孔雀王回答道："我笑天下有三痴——一是我痴；二是射手痴；三是大王您痴。我跟五百孔雀王妃相随游乐，后来却抛下它们，去追逐一只青雀，贪欲不能自抑，结果被射手捉去，这是我的痴；那射手，我给他一山金子他不要，说大王自会给他金子和媳妇，这是射手的痴；大王既然得到了神医，王后、太子以及国内的臣民百姓，凡是有病的，也都被治愈了，而且都更加漂亮、强健，就应该牢牢将我掌握，如今不但没有看好，反倒给放了，这就是大王您的痴。"孔雀王说完，就展翅飞走了。

鬼神木像

很久以前，有五个僧人结伴行路。正赶上天下大雪，他们就来到一座寺庙中过夜。神庙的殿堂里有一尊鬼神木像，受到全国官吏和老百姓的供奉。四个僧人说："今天夜里这么寒冷，我们可以把这木像拿来烧火做饭。"另一个僧人说："这是人们供奉的鬼神，不能毁坏。"于是，大家又把木像搬回原处，照旧放好。

这殿中的鬼经常吃人,等僧人们睡下后,就在一起商量道:"应该把最后一个僧人吃掉,就他一个害怕我们,其余四个太厉害了,我们不敢惹。"

那个制止大家不让劈木像的僧人听了鬼的这番话,立刻爬起来招呼伙伴:"咱们干吗不劈了这鬼神像烧饭吃呢?"

于是众僧人一齐动手,把木像搬倒烧了。吃人鬼见势不好,撒腿就跑。

木匠与画师

古时候,有一位技艺高超的木匠。他制作了一个木头姑娘,模样美丽无比、穿戴整齐漂亮,和真女子没有两样。木头姑娘能来回走动,还会斟酒待客,只不过不会说话罢了。

当地还有一位画师,画得一手好画。木匠听说后,就准备下丰盛的饭菜,请画师吃饭。画师来了以后,木匠就让木头姑娘斟酒、端菜,从早上一直忙到夜晚。画师不知道这姑娘是木头做的,以为是位真正的淑女,很想得到她,心里念念不忘。

当时天已经很晚了,木匠要去睡觉,也把画师留下过夜,并让木头姑娘在一旁侍候。木匠对客人说:"我特意把这姑娘留下,你可以跟她睡在一起。"

主人进屋后木头姑娘站在灯旁。画师叫她,可她就是不过来。画师以为是姑娘害羞,所以不肯过来,便走上前去用手拉她。这一拉,才知道姑娘是木头做的,便有些惭愧。他自言自语地说:"主人诓我,我要报复一下。"

于是,画师想出个计策,在墙上画了一幅自己的像,画上穿的衣裳和自己穿的也一模一样,又画了根绳子系在脖子上,完全是吊死的情景。还画了苍蝇、小鸟,附在死人的口边叮啄。画好以后,画师关上门,钻到床下去睡了。

第二天清早,主人出来见门还没开,就从窗子向屋里望去,一眼看见墙上那幅画师吊死的画。木匠大吃一惊。以为客人真的吊死了,立刻破门而入,要拿刀去砍绳子。

这时画师从床下钻出来,木匠一见,十分羞惭。

画师对他说:"你诓我,我也诓你。客人、主人的情分都尽到了,谁也没有对不起谁。"

两人都说:世间的人互相欺骗,和这有什么不同?

长 见 识

从前有个乡下人,有一天偶然来到京城,见一个人挨了鞭子,正拿着热马粪往自己背上涂,他就上前问道:"这样做是为什么?"那人回答说:"用热马粪涂一下,可以让伤口愈合得快,而且不会有疤痕。"于是,这乡下人把那人的话暗暗记在了心里。

回到家后,他对家里人说:"我这次进京,可真是长了不少见识,学了不少本事。"家里人问他:"你都长了些什么见识?"这乡下人便高声对家奴叫道:"快拿鞭子来,痛打我二百鞭!"家奴害怕主人,不敢违抗命令,于是就狠狠抽了他二百鞭,抽得满背流血。这时他又对家奴吆喝道:"快拿热马粪来!给我涂在伤口上。这样好得快,也不会留下伤疤。"接着,他对家里人说:"你们懂不懂?这就是我所长的见识啊!"

壶 中 人

古时候有位国王,对自己的后妃管教极为严厉。有一天,王后把太子叫来说:"我是你的母亲,可一生从没有到城中看过,很想出去看看。你就给国王说一说,请他恩准吧!"一连说了好几次,太子才把母亲的请求禀报了国王,国王终于答应了。

这天外出,太子亲自给母亲驾车。车出宫门以后,群臣在道路两旁拜迎。这时,王后伸手撩开帷帐,好让大家都能看见。太子见母亲这样,以为有失尊严,就假称自己腹痛,要回宫去。王后说:"我过去见到的太少了,让我再看几眼吧!"太子心里想:"我母亲身为王后,尚且如此,何况其他的嫔妃呢?"

夜里,太子离开都城,跑到山里游玩解闷。这山道旁有棵大树,树下有一池清澈的泉水。太子爬上树,看到一个梵志独自走来,跳进池中洗澡。洗完澡,取出饭食,然后作起法术,从口里吐出一把壶来。壶中倏然出来一个美貌的女子,他们就在隐蔽的地方做了夫妻。等梵志睡着了,那女子又做起法术,也吐出一把壶。这时从壶里出来一个英俊的小伙子,她就和这小伙子睡在一起,行夫妻之事。然后,美貌女子把小伙子装进壶里,连壶一同吞下。过了一会儿,梵志醒了,又把这女子放进壶里,吞进肚内,手执法杖走开了。

太子回到京城,就向国王请求,要请那位梵志和诸大臣入宫吃饭,并且特意备了三份饭菜放在一边。梵志来到后,一看他的席位上摆着三份饭食,就说:"我只自己一个人。"太子说道:"你应当把那个妇人叫出来,一块用餐。"梵志一看无法违抗,只好变出那个女子来。太子又对那女子说:"你也应当把那个男子叫出来一起吃饭。"那女子起先不肯,见太子再三地说,最后只得将那个男子变出。三个人在一起吃完饭,立即离去了。

国王看完问太子:"你是如何知道他们这些事情的?"太子答道:"我母亲想到城中游览,我替她驾车。母亲在路上伸出手来让人看,我想女人那么**多情欲**,就谎称肚子痛回宫了。后来我到山里,见这个梵志把那妇人**藏在腹中**,想一定有奸情。如此看来,女人的情欲是不能够断绝的。希望父王**能宽赦**宫中的嫔妃侍女,让她们自由自在地同外面交往。"于是国王下令:宫中的女子,凡愿意离开的,绝不勉强。

面貌已改

从前有一对夫妇,两人都长得五官端正、眉目清秀、姿态俊美,可称得上举世无双。丈夫贤良、妻子温柔,两口子你敬我爱,终日无厌。

这样和美的日子没过多久,突然间夫妻两人都双目失明了。他们相怜相惜,唯恐谁被别人欺凌,丈夫怕失去妻子,妻子怕失去丈夫,夫妻俩厮守同坐,一会儿也不离开。

许多年以后,他们的亲朋好友从远方为他们觅得了名医良方。亲友们把煎好的药拿给他们吃,两人刚吃下去,眼睛一下子又都重见光明了。

这时候,丈夫发现妻子的容貌已改,痛心地高声呼叫:"谁把我的妻子换走了?"妻子看见丈夫已经年老皮皱,也悲哀地高喊:"谁把我的丈夫抢去了?"

亲友们明白了事因,就劝解他们说:"年轻时的美貌丽姿,随着岁月的流逝而失去了。人到老年,气弱力衰、面皮粗皱、日新月异。要是拿衰老的容貌与青春的容貌相比,岂不是跟钻冰取火同样荒唐吗?你们为什么还要悲呼哀叫,互不相认呢?"

夫妻二人对着镜子一照,自己感叹道:"年纪已经衰老,华姿美色怎么能够长留不去呢?艳容玉貌只在一时,为什么还要悲愁哀怨、徒增烦恼呢?"

恶语伤牛

从前有两个人,他们各养了一头力大无比的牛。其中一人夸口说:"我这头牛力气大,你敢比试一下吗?如果我的牛没有你的牛力气大,我情愿输给你五百钱。"

于是,两人就用耕田快慢来比赛,看到底谁的牛力气大。比赛中夸口的那个人的牛偏偏落在了后边,他便恼怒地叫骂:"你这头不中用的笨牛,还不快走!"牛听到主人的喝骂后,索性一步不走,卧在地上不起来了。夸口的那人只好输给人家五百钱。

过后,他心平气和地对牛说:"本来你是一头力气大、走得快的牛,怎么比赛时却落在了后面,让我丢了脸又输了钱呢?"牛对主人说:"改日要再比赛,我会尽力而为,替你赢回更多的钱的。"

第二次进行耕田比赛时,这头牛奋力争先,果然像它说的,为主人赢回了更多的钱。

畜生尚能识别出言语的善恶,难道还有人不能识别出言语的善与恶吗?

马驹吃草

古时候,月支国有个风俗习惯,要用酥油煎麦子喂猪。王宫里的马驹对它们的母亲说:"我们为国王效力,不论路途远近,都奔驰前往,完成使命。可我们吃的却是打来的野草,喝的却是水坑里的雨水。"母马对孩子们说:"你们千万不要起这样的念头。你们难道羡慕那猪吃酥油煎麦吗?过不了多久,你们就会明白等待它们的是怎样一种下场。"

新年快到了,家家户户捉猪捆绑,宰杀剔毛,扔进热锅。那些猪们齐声嚎叫,仍不免一死。这时母马对孩子们说:"你们都还记得羡慕酥油煎麦的事吗?要想知道那些猪最后是怎样一个结果,可以前去看看。"

马驹们明白了吃酥油煎麦者的结局,才知道以前的想法是错误的,到底还是母亲说得对。从此以后,马驹们就安心吃草了。有时遇到主人喂麦子,也谢绝不吃。

小鸟斗鹰王

从前,有一只巨大凶猛的老鹰在天空追击一群小鸟。它抓住了一只小鸟。老鹰抓着这只小鸟飞到远方,落在一座高山顶上,打算吃掉它,这时,小鸟对老鹰说:"今天我被抓住吃掉,全是自己的疏忽大意造成的,我不求你饶恕。如果我不离开自己的家乡,就不会被你擒获了。"

老鹰问它:"你的家乡在哪里?"

小鸟答道:"那高崖绝壁、深涧石缝里有我居住的老巢。在那里,你是无法抓住我的。"

老鹰便对小鸟说:"今天我且放你回巢,让你一睹我那无比的威力,看我怎样再一次把你抓来。"

于是,小鸟飞回了自己的家乡,落在高崖绝壁的两块巨石之间。它远远地向老鹰挑战道:"我在这里,你敢下来和我决一胜负吗?"

那老鹰听到小鸟的挑战,恼怒万分,就鼓动双翼,奋力俯冲下去,想一下子就把小鸟抓到手。小鸟见老鹰冲下来,急忙钻进石缝的巢中。那老鹰来势过猛,一下子碰在巨石上,两翅折断,掉进深涧摔死了。

水泡花环

从前有一位国王,膝下只有一个女儿。国王对女儿十分宠爱,平时形影不离、要啥给啥。有一天下雨,雨点落下来溅起很多好看的水泡泡花。国王的女儿看到后,十分喜欢,就对国王说:"我想要个用水泡花做的花环。"

国王对女儿说:"那水中的泡泡,手采不到,怎么能拿它来做花环呢?"

女儿生气了,说:"我要是得不到水泡花环,就去自杀!"

国王听了很着急,立即把全国做花环的能工巧匠召进宫来,说:"你们做花环的手艺奇巧,没有什么花环不会做的。请你们赶快拿水泡花给我女儿做个水泡花环,要是做不到,我就把你们全部杀死。"

工匠们苦苦哀求道:"大王,我们实在不会用水泡花做花环呀!"

这中间有一位年老的花匠,心里已经有了主意,便上前对国王说:"我能拿水泡花为大王做个花环。"

国王听了非常高兴,就对女儿说:"有个手巧的花匠会用水泡花做花环,我们亲自去看看吧。"国王父女一起来到老花匠那里,手巧的老匠人对国王的女儿说:"小公主,我不会识别什么样的水泡花美、什么样的不美,就请您亲手选择些最好最美的水泡花,拿来我给你做花环吧。"

于是国王的女儿就开始选取水泡花。她手刚一摸,水泡花就破灭了,不能拿到手。这样采了整整一天,也没有采到一个水泡花。公主疲倦了、厌烦了,只好离开水池。她回到宫里对国王说:"水泡虚幻,难以久存。请父王给我做个紫金花环,我戴在头上,永远也不会凋谢失色。"

老猫坐禅

很久以前,在老远老远的地方,有一只鼠王,领着五百只鼠子鼠孙一起过活。又有一只老猫,和它们住在同一个地方。

老猫年轻的时候,只要遇上老鼠就把它们全部杀死,后来年纪老迈,便心里暗自思忖:"以前我年轻时,气力强盛,凭着力气捉老鼠吃。如今我年老体衰、气力微薄,没法再捉老鼠了。想个什么办法才能不费力气就能捉住老鼠呢?"之后,老猫就到处查访,发现一只鼠王跟它的五百子孙全家住在这个地方。于是,老猫来到鼠洞附近,做出坐禅的模样。

这时鼠王正领着一群老鼠出洞游玩,见老猫安然地在那里坐禅,就问道:"阿舅,你这是在干什么?"

老猫回答说:"过去我年轻那阵子,气力强盛,造下了无数的罪孽。现在我要修行积福,以洗除过去的罪恶。"

老鼠们听了这番话,都发出赞叹,纷纷议论道:"如今连老猫也要修善积德了。"于是鼠王率领群鼠一行自右至左绕老猫三周表示敬意,然后才进入洞内。那老猫就捉住走在最后的那只老鼠,把它吃掉了。

没过多久,老鼠的数目就渐渐少了。鼠王见到这种情形,便暗自想道:"我的子孙看来是越来越少,那老猫却变得肥胖,气力也强盛起来,其中必定有原因。"

鼠王开始留意观察,发现老猫的粪便里有鼠毛鼠骨,立刻明白了:"是老猫吃掉了我的子孙!我今天要好好看看,看它是怎样把老鼠捉去的。"

鼠王打定主意,就在洞里暗暗盯着老猫,只见老猫捉住走在最后的那只老鼠,然后把它吃掉。鼠王看后,立刻躲得远远的方才站定,口中念

颂道:

> 老猫身渐肥,群鼠日渐少,
> 吃菜拉菜屎,不应有骨毛。
> 你今修禅不是善,为利假装修善人,
> 愿你无病安稳坐,莫将群鼠全吃尽!

蓝毛野狗

从前有一只野狗,贪吃成性,蹿进村庄里到处寻找吃的。一天,野狗跑到一家染坊,不小心掉进了蓝色的染缸里。染坊主人看见了,把它拽出来扔在地上。浸了一身染液的野狗就地打了几个滚,又沾了一身污泥。野狗见自己浑身肮脏,就跳进河里洗了个澡,然后离开了。这野狗身上的毛泛着蓝色的光亮,野狗们见它的毛色与众不同,觉得非常奇怪,就一起问它:"你是什么人?"

蓝毛野狗回答道:"我是天王的使臣,天王册封我为百兽的大王。"

野狗们心里寻思道:"这家伙身形是野狗,而毛色却和我们大家不一样。"于是野狗们就把这情形报告了狮子,狮子又去报告了狮子王。狮子王随即派出一个使者,让它前去查看虚实。使者到那里以后,见那蓝毛野狗高坐在大白象身上,下面禽兽们都簇拥着它,就跟侍奉兽王一样。使者见了,回来向狮子王做了详细的禀报。狮子王听了,便率领群兽,前往那里看个究竟。狮子王一到,果然见那蓝毛野狗乘着大白象,下面群兽围绕,老虎和豹子等猛兽亲自做它的左右辅臣,其他小野狗却躲得远远的,待在那里。狮子王心里惶恐不安,就想了个主意,从野狗中选派了一只野狗,让它去寻找蓝毛野狗的母亲。

这野狗在山里找到了蓝毛野狗的母亲。它母亲问道:"我儿子那里有些什么野兽在陪伴它啊?"野狗回答说:"它那里有狮子、老虎和大象。"蓝毛野狗的母亲说:"你回去肯定会杀害我儿子的。"

野狗使者回来后,对它的伙伴们说:"那家伙是只野狗,不是什么王种。我在山里亲眼见到了它的母亲。"野狗们说:"我们可以试它一试,看它会怎么样。"于是就走到蓝毛野狗近前。

原来野狗中从来就有这么一种天规。如果一只野狗叫,别的野狗也必须跟着叫,谁要不叫,身上的毛就会脱落。野狗们就一齐叫了起来。那蓝毛野狗心里想:"我要是不叫,毛就要落地,要是从象身上跳下去叫出声来,必定会被它们杀死。今天我还是叫上一叫吧!"想罢便叫了起来。

大白象一听,才知道自己背上坐的原来是只野狗,于是用鼻子把它卷下来,踩死了。

九 色 鹿

很久以前,草原上有一只九色鹿。它的毛有九种颜色,两角洁白如雪,经常在河水边上饮水、吃草,并且跟一只乌鸦做朋友。有一天,恒河中有一个落水的人,顺着水流冲了下来。他一会儿浮出水面,一会儿沉入水中,后来被树枝挂住了,于是仰头朝天呼救:"山神、树神、天神、龙神,你们怎么不救救我啊?"九色鹿听到有人呼救,就跳进水中,对那落水的人说:"你别害怕,快骑在我背上,抓住我的角,我把你驮上岸去。"等把那个人驮上岸,九色鹿已经累得筋疲力尽了。

那落水的人从鹿背上下来,绕着九色鹿转了三圈,然后伏身叩头,请求给神鹿做奴仆,供它使唤、听它差遣,每天为它取水、打草。九色鹿对他说:"我这里不用你伺候,你还是回家去吧。要真的想报答我的恩情,就不要对别人说我在这里。人们贪图我身上的皮和角,一定会来杀害我的。"那个落水人接受了告诫,离开九色鹿走了。

就在那天夜里,国王的夫人做了一个梦,梦见一只九色鹿,它的毛有九种颜色、两角洁白如雪,就推说有病,不肯起床。国王问夫人:"你为什么躺在床上不起来?"夫人回答说:"昨夜里我梦见一只神奇的鹿,那鹿身上的毛有九种颜色,它的角白得像雪一样。我想得到它的皮,用来做一张座褥,还想用它的角做拂尘的柄。请大王给我寻来。大王要是捉不到那只鹿,我就会死去的!"国王对夫人说:"你先起来。我作为一国之主,还有什么东西弄不到手?"

国王立刻派出使臣到全国各地招募能捕到九色鹿的人,并宣称,谁要能捉到九色鹿,就把这个国家分给他一半,同时还赏给他一个盛满银粟的金钵、一个盛满金粟的银钵。

那个落水人听说国王出重金招募捉鹿人,心里就产生了邪恶的念头:"我要是把九色鹿的下落告诉国王,就能够享受荣华富贵。鹿不过是一头畜生,是死是活有什么要紧的?"于是他就对招募使臣说:"我知道九色鹿在什么地方。"使臣马上把那个落水人带到国王那里,禀报说:"这人知道九色鹿的住处。"国王一听,非常高兴,便对那个人说:"你要能捉到九色鹿的话,我就把国家分出一半给你,绝不食言。"那落水人回答说:"大王放心,我一定能捉到它。"话刚说完,他脸上就长满了癞疮。落水人又对国王说:"这只鹿虽说是畜生,可神通广大。大王应该多派些人马,才能捉得到。"

于是,国王率领大军,向河边进发。这时九色鹿的好友乌鸦正站立在枝头,远远望见国王的军队朝这里开来,就怀疑是专为捕杀九色鹿的,它立即向九色鹿呼喊道:"好朋友,快起来,国王派军队捉你来了!"九色鹿正在睡觉,还没醒来,乌鸦飞下树,落在它的头上,啄着它的耳朵,叫道:

"朋友快起来,国王的军队到了!"九色鹿这才惊醒。它抬头向四周一望,只见国王的军队已经把它包围了上百层,早已无路可逃了。九色鹿便向国王的军队走去,那些兵士弯弓搭箭正要向它发射,九色鹿对士兵们说话了:"你们先别射我!我自己会到国王那里去的,我有话要对国王说。"

国王于是命令臣下:"不要射死这鹿,这鹿非同一般,也许是位天神。"

九色鹿对国王说:"请大王不要杀我,我对大王的国家有大恩。"国王问:"有什么恩德?"九色鹿答道:"不久前我曾救活了大王的一位子民。"鹿长跪在国王面前,问道:"是谁告诉大王我住在这里的?"

国王指了指车旁边那个满脸癞疮的人,说:"是他。"

九色鹿一听,眼泪簌簌地落下来,不能自禁。九色鹿说:"大王,这个人前天落入深水,被水流冲下来,我不顾自身的安危,跳入水中,把他背了出来。我本来告诫他不要说出我的住处,谁知他这样忘恩负义。那时真不如把水中漂浮的木头背上来一根!"

国王听了鹿的话,十分惭愧。他斥责那个落水人道:"你受人重恩,为什么反要杀害人家?"于是国王立即下令全国:从今以后,谁要敢驱逐这只九色鹿,就治他的罪! 不久,成百上千只的鹿,一群群地都来依附那只九色鹿。它们饮水吃草,从不侵害庄稼。这个国家从此风调雨顺、年年五谷丰登。人民不生疾病,天地没有灾害,百业兴旺,举世太平。

鹿王慈心

以前,有一只身材高大的鹿王,身上的毛色五彩斑斓、双角雄奇、四蹄劲健。所有的鹿都愿意听从他的旨意,常常有几千只鹿追随着他。

有一天,国王出来打猎,群鹿被追赶得四处奔逃,投崖的投崖、坠坑的坠坑,有的被树藤缠绕悬在半空、有的被荆棘穿破毙于草莽。伤的伤、死的死,其他被国王射杀的也不在少数。鹿王目睹了这种惨状,悲凄万分,哽咽地说道:"我作为群鹿之王,理应精于虑算,选择一处安全的地方游乐。如今只顾贪图美草来到这里,使大家惨遭杀戮,这罪责全在我一人!"说完,鹿王独自径直进入城内。

城里人见了,都说:"我们国王有着极其仁慈的德行,神鹿自己都来了。"全城的人也都以为这是国家的祥瑞,没有一个敢欺凌它。鹿王来到王宫的大殿前,跪下对国王说:"小畜贪生,来到国王的国内寻求活路。突然遇到陛下的猎手,众兽四处奔命。有些活着的与亲人失散、有些死了的横尸荒野。这些上天爱怜的生灵,叫人看了实在悲哀。现在我们希望由自己来推选,每日把鹿供给大王的御膳房使用。请陛下告诉我每日所需之数,我们一定如数送来,不敢欺骗国王。"

国王一听,觉得非常奇怪,说:"我的膳房用鹿,每日不过一头。实在不知道你们死伤那么多。如果真像你所说的那样,我发誓永远不再打猎。"

鹿王回去以后,把群鹿召集到一块,将自己的想法告诉给大家,并陈述利害、说明祸福。众鹿都愿听从鹿王的话,自行排好了先后次序。那些排在前面、应该先去死的鹿,临行前都来向鹿王告别,鹿王总是哭泣着教诲它们说:"看世上一切众生都有一死,谁能逃脱?去死的路上,要多念佛祖的仁教慈心,对那位国王千万不要有怨恨之心。"

这样,每天都有一只鹿自行到国王那里去送死。有一天,轮到一只母鹿去死了。它身怀有孕,便对鹿王说:"对于轮到的一死,我不敢躲避,只是请求让我分娩后再上路。"鹿王应允了,就让下一个来替代母鹿先死。这下一个鹿对着鹿王叩头哭泣,说:"我一定会去死的。但按原先排列的次序,我还有一天一夜的生命,尽管它那么短暂,可只有到了那个时辰去死,我才死而无恨。"

鹿王实在不忍心让这只鹿委屈地失去一天的生命。第二天,他悄悄地离开鹿群,亲自来到国王的御膳房。厨师认出了它,就立即向国王禀报。国王召来鹿王,问它这是为什么,鹿王就把事情的经过如实述说。国王听了,悲哀地流下了眼泪,说道:"野兽都能心怀天地间的仁慈大义、舍身济众,遵奉古代圣贤弘慈大善的德行,难道我作为人君,就不能不靠每天杀害众生的性命来养肥自己吗?我如此暴虐成性,难道真的崇尚豺狼的品行吗?野兽能做出这样仁慈的事情,实在是有供奉天地、据有四方的大德啊!我不如,我不如啊!"

国王让鹿王回去,把群鹿过去栖息的地方也归还给它们,并且在全国下了道命令:凡杀害鹿的,与杀人同罪!从此以后,国王和众大臣以身作则,教化百姓,全国上下遵奉仁爱,不杀生灵。

从此以后,国王的恩泽普及草木,国家太平安乐。

双 头 鸟

很久以前,大雪山下有一只鸟。这只鸟一个身子上长着两个头。那两头鸟,一个头要是睡觉,另一个头就醒着。

一次,第一个头睡着了,第二个头醒着。靠近第二个头的地方有一棵果树,树上的花被风吹落,掉在了第二个头旁边。这个头想:"我这时虽然独自吃下这花,可进入腹内,我们两个头都能滋润颜色、增长气力,还能除去饥渴。"于是这个头便没有叫醒第一个头,独自默默地把花吃了下去。

第一个头醒来后,觉得腹中饱满,又打着饱嗝,就向第二个头问道:"你在哪里弄到这么香甜味美的东西,吃下以后,让我感到浑身舒适饱满,连打饱嗝的声音也如此美妙?"

第二个头告诉它:"你睡着的时候,这里离我不远的地方有棵果树,树上的花落了下来,掉在我的旁边。当时我想虽然是我独自吃了这花,可花到了腹内,我们两头都能增色添力、免除饥渴。所以当时我没叫醒你,就把花吃掉了。"

第一个头一听这话,愤恨猜忌之心油然而生,它暗想:它得到了食物,不叫醒我,也不让我知道,就独吞了。要是这样,从今以后,我得到什么好吃的东西,也不叫醒它,不让它知道。

有一天,两头鸟出去游玩,遇到一朵毒花。第一个头暗想:"今天我要吃下这毒花,让我们两个头一起死掉。"于是它对另一个头说:"现在你睡吧,我醒着。"

第二个头听第一个头这么一说,就马上睡着了。第一个头把毒花吞食了下去。第二个头睡醒后,打个饱嗝,发觉口中出的气有毒,就对第一个头说:"刚才你醒着的时候,吃了什么东西,使我身体这样不舒服,我咽喉梗塞,想叫却阻碍不畅,像是快死了那样。"

第一个头告诉它说:"你睡着的时候,我吃下了一朵毒花,情愿让咱们这两个头一同死去!"

第二个头说:"你的所作所为,实在太没道理了。出于嫉妒,竟能做出这种事来!"

香油换臭水

从前,有一位老婆婆,背了一瓶香油在路上行走。她看见一棵果树,就

摘下几个果子吃了。吃完,老婆婆感到口渴得厉害,便跑到井边讨些水喝。打水的人便给了她一些水。因为老婆婆刚才吃了果子,这会儿口中果味变得甘甜,所以她觉得那水十分甜美,味道简直像蜜糖。于是她对打水的人说:"我拿这瓶香油,来换你一瓶水吧。"

打水的人就照她说的,给她一瓶水,换走了她的香油。老婆婆把这瓶水背了回去。到家后,原先口里那果的甜味已经消失了,她取出水来喝,只尝到水的味道,再没有别的味了。老婆婆立刻把家里人都叫来,让大家都尝一尝,看到底是什么味。大家尝了后都说:"这水有一股烂绳污泥味,腥臭难闻、叫人恶心。你怎么把这样的水带回家来了?"

老婆婆听大伙儿这么一说,又亲自取些来尝,果然像大家说的那样。老婆婆后悔极了,说:"我好糊涂啊!怎么拿上好的香油换了一瓶这样的臭水啊!"

婢女摔罐

很久以前,有一家的媳妇受到婆婆的责怪,一气之下跑进了森林,爬上一棵大树藏了起来。这树的下面是一个池塘,她人在树上,影子却倒映在池水中。

这时候,有一个婢女顶着罐子,到池塘边打水。她低头看见水中的影子,以为是自己的,端详了一会儿说:"如今我的容貌变得这样端庄秀丽,干吗还要替人家拿着罐子打水?"她就把罐子打破,返回家中,愤愤地对大家说:"我如今容貌这么漂亮,为什么还要让我去打水?"

大家一听乐了,说:"这丫头怕是鬼迷心窍了,不然怎么做出这种事来?"主人也不跟她计较,就又拿出一个罐子,让她去打水。这婢女到池塘边又见到那个影子,心里一气,就又把水罐给摔了。这时,躲在树上的那个俊媳妇把一切都看在眼里,终于忍不住微微笑了。婢女正在生气,见水中的影子笑了,才猛然醒悟。她抬头一看,见树上有个女子正朝她微笑。原来水中那秀丽的面容、华美的衣服都不是自己的,婢女羞愧得说不出话来。

小猫问食

老猫生了个小猫,小猫渐渐地长大了。小猫问老猫:

"我应当吃什么东西呀?"

老猫回答说:"人们会教你的。"

夜里,小猫跑进人的家里,藏在瓦坛中间。家里的人看见了,相互提醒道:"酥油、乳酪、肉这些东西,要严严实实地盖好;小鸡要放到高处,别让猫给偷吃了啊!"

小猫于是明白了:原来小鸡、酥油、乳酪和肉,都是我的好食物。

半块毛布

古时候,某个国家有一条法律,这条法律规定,凡是活够六十岁的父亲,就让他身披毛布去看守门户。

那时,兄弟俩在父亲六十岁生日那天,哥哥对弟弟说:"你给父亲一块毛布,让他看门去吧。"家里只找到一块毛布,弟弟就剪下一半,拿给父亲说:"这是哥哥让我给你的,他叫你看门去。"

哥哥见屋里还有半块毛布,就问弟弟:"那块毛布为什么不都给父亲,留下半块做什么?"弟弟回答说:"咱自家就这么一块毛布,不剪下一半留着,以后上哪里找去?"哥哥问:"以后还要它干什么?"弟弟说:"怎么能不给哥哥留一半呢?"哥哥说:"给我留一半干什么呢?"弟弟说:"哥哥也要老的。到了六十岁,你儿子也会叫你去看门的。"

哥哥听了,心里惶恐不安,问道:"我也会是那样的结果吗?"弟弟说:"谁能代替你呢?这是法律规定的。像这样坏的法律,应该把它废除才是。"

于是,兄弟二人来到宰相那里,把刚才的话告诉了宰相。宰相说:"你们说得很对,咱们也有老的时候呀!"

宰相就去面见国王,提出废除那条法律。

国王同意了他们的建议,并向全国宣布:人人都要孝敬父母,过去规定的那条法律,从今天起不再有效。

投金取善

从前,有兄弟两人,他们每人背着十斤金子在荒野上行走。路上别无他人,哥哥心中暗想:"我要是杀了弟弟,拿了他的金子,在这荒无人烟的地方是不会被谁发现的。"弟弟这时也在想:"我要是杀死哥哥,夺走他的金子,是不会有人知道的。"两人边走边各自想着心事。由于心怀恶念,当他们相视时,两眼都露出凶恶的目光,刚一相触就又都低头避开了。

后来,兄弟俩各自醒悟,都非常悔恨,在内心深处自责道:"我们虽说是人,可与禽兽有什么两样!骨肉同胞、手足兄弟怎么能因贪图金钱而恶念塞心,互相残杀呢!"

这时,他们来到一眼泉水旁,哥哥把金子扔进泉中,弟弟高呼:
"善哉!善哉!"

弟弟把金子也扔进了泉中,哥哥也高呼:
"善哉!善哉!"

兄弟二人互相发问:"你为什么高喊'善哉'呢?"两人都告诉对方说:"刚才我因为贪图金子,心里萌生出罪恶的念头,打算把你害死。现在我把手里的金子抛弃了,心中的善意却存留下来。因而高呼'善哉!善哉!'"

向阴背阳

从前有一个人,凡是遇到新奇不解的事,总要问个究竟、弄个清楚。

有一次,这人在荒无人烟的旷野上行走,半路碰到了一个恶鬼。他无法逃脱,结果被恶鬼捉住了。这个人一看被恶鬼拿住,心里认定:"今天我是非死不可了。"他猛然发现那恶鬼前胸白,后背黑,觉得十分奇怪,就向恶鬼问道:"你的身体为什么前胸是白的而后背是黑的?"

那恶鬼回答说:"我生性不喜欢阳光,经常背日而行。所以前胸白、后背黑。"

走路人听了恶鬼的话,仔细思想,明白了其中的道理。他猛地挣脱恶鬼的手,面向阳光跑去。

恶鬼返身来追,可它只会背光行走,对着阳光却看不见那人的身影。走路人因此得以逃脱,没有被恶鬼吃掉。

小鹦鹉称王

从前,在大雪山下朝阳的山坡上,好几千只鸟儿聚在一起,共同商议:"我们应当推举一只鸟为鸟王,率领大家共度危难、恪守法规、不做坏事。"

鸟儿们纷纷议论道:"究竟谁适宜做鸟王呢?"

有一只鸟提议:"我们应推举苍鸨来做鸟王。"

另一只鸟反对说:"苍鸨不能为王。它足高颈长,如果我们触怒了它,它就会挺着那长颈啄我们的脑袋。"众鸟没有作声。

这时又有一只鸟说:"我们应当推举天鹅为王。天鹅羽毛洁白,为公众所敬爱。"

另一只鸟反对说:"天鹅的容貌虽然洁白,可它的项长而且弯曲。自项不直,岂能正人?它不宜为王。"众鸟听后没说话。

又有一只鸟说:"我看那孔雀衣羽色彩绚丽,观后令人赏心悦目,可以做鸟王。"

另一只鸟反对说:"孔雀不可以做王。它的衣羽虽说艳丽多彩,但不知羞耻。每次跳舞跳到得意的时候,就把最见不得人的部位暴露在外,因而它是万万不能为王的。"众鸟听后没言语。

又有一只鸟说:"我看那土枭倒可以为王。土枭白天安伏,夜间活动,可以护卫我们大家。它做我们群鸟之王最适宜。"众鸟听了,表示赞成。

这时有只聪明多智的鹦鹉在旁边听了大家的议论后,大声对鸟儿们说:"我等的生活习性,是白天求食,夜晚栖息。要是遵从土枭的生活法则,我们就得夜晚求食,白天栖息。我们立它为王以后,还要护卫侍奉它。这样我们夜里不得求食,白天还要侍奉守卫,昼夜不闲。既得不到食物,又得不到休眠,那样就太苦太累了。"众鸟听了鹦鹉的话,都认为说得在理。

鹦鹉接着说:"今天我当着大家的面讲了这番话,不怕土枭听了之后恼怒报复,把我身上的毛羽拔光。要是不说明白,我等鸟类怕要长期受苦。我宁可一人受害,失去全身的羽毛,也不能不讲真话,让大家都遭受危害。"鹦鹉说完,飞到众鸟面前,举起双翅,以示恭敬。它又说:"请原谅我年幼无知。但我恳请大家认真想想我的话。"

众鸟听罢,都说:"土枭也真像鹦鹉所说的那样。"

于是鸟儿们一起重新商议,说道:"这只鹦鹉虽然年纪小,但聪明多智、能言善辩,又能以公众利益为重,不怕身受报复。如此可以做众鸟之王。"

鸟儿们齐声赞同,便拥戴鹦鹉,拜它为王。

成长之药

从前,有一个国王生了一个女儿,希望女儿赶快长大。

他把医生叫来说:"给我喂药,马上叫她长大。"医生回答说:"世上是有一种让小孩立刻长大的药。不过我没有,必须花力气去找。但在我找药的时候,请国王不要去看公主。等到给她喂了药,然后叫您看。"

说完这话,医生就到远方找药去了。

时间过了好多年,医生找到药转回京城。他将药喂给国王的女儿吃了,再带着她去见国王。国王一看女儿长大了,非常高兴,心想:"这个医生果真了不得,给我女儿喂了药,叫她一下子便长大了。"

国王便命令手下的人把珠宝赐给了那个医生。

杀子骗人

从前,有一个江湖术士。他自己吹嘘有很多学问,精通占星术,对于各种技艺,没有不会的,全都掌握了。倚仗这些才能,他很想显示一下自己的本领。

于是,他就走到别的国家去,抱着自己的儿子大声哭泣。有人问他:"你究竟因为什么哭啊?"术士回答说:"现在,我这个儿子在七天以后就要死了,可怜这个孩子才活了几岁就要离开人世,所以我哭。"

这时,有人说:"人的寿命,很难事先知道,你也许是算错了。到了第七天的时候,他也可能不会死,你为什么要事先白白大哭一场呢?!"术士回答说:"太阳和月亮都会暗淡无光,天上的星斗有时也会陨落。但是,我的看法和预言,是绝对不会有错误的!"

到了第七天,这个术士为了个人的名誉和利害,他竟然把自己的儿子杀死了,以证明他自己说得对。当时,许多人都听说,他的儿子确实是在七天之后死了。大家都赞叹地说:"这个人真是一个聪明而又有智慧的人,他的话一点儿都不错!"大家从心眼里佩服他,都来向他致敬。

这个术士,为了证明自己说得对,竟用杀死儿子的办法来迷惑世人。

雄雌二鸽

古时候,有雄和雌两只鸽子,它们共同住在一个鸽子窝里。到了秋天果子熟了的时候,它们一起拾来果子,整个鸽子窝都装满了。过了一些时候,果子渐渐干了,显得减少了许多,只剩下半窝了。雄鸽便怒气冲冲地对雌鸽说:"咱们辛辛苦苦一起采来的果子,你却偷吃,现在果子只有一半了。"雌鸽却说:"我并没有偷吃,是果子自己减少了的。"雄鸽不相信雌鸽的话语,气得瞪大眼睛怨恨雌鸽:"若不是你偷吃了,为什么会减少呢?"便用嘴把雌鸽给啄死了。

没有过几天,天空降下了大雨,因为吸收了潮湿的空气,果子膨胀起来,又变得像原来那样满满一窝。雄鸽看到这种情况,便非常悔恨:"雌鸽确实没有吃果子,我错杀了它!"于是,悲痛哀伤地呼唤:"你到哪里去了?"

头尾争大

从前,有一条蛇,蛇头和蛇尾互相争辩。

蛇头对蛇尾说:"我应该是老大!"

蛇尾对蛇头说:"我才应该是老大!"

蛇头说:"我有耳朵能听、有眼睛能看、有嘴能吃东西,走路时在最前面,所以我应该是老大。"

蛇尾说:"我叫你往前走,你才能往前去。我若是用身子在树上绕三圈,看你能奈我何?"于是,蛇尾绕树三圈,三天一直不动。蛇头无法离开前去找食吃,饿得就要死了。

蛇头说:"你放开吧,听你的,你是老大!"

蛇尾听了这话,立即放了蛇头。

蛇头对蛇尾说:"你既然是老大,任凭你在前边走吧。"

蛇尾在前边走,还没有走几步,便掉进火坑,蛇头和蛇尾都被烧死了。

鹦鹉救火

从前,有一只鹦鹉飞到别的山中,停留了一个时期。它看到这个山里的众多鸟类、牲畜和野兽在一起,来往之间,互相敬爱,没有彼此残害的。鹦鹉自己常想:"虽然是这样,但是也不能在这里久留,到应当回去的时候,还是要走的。"

在鹦鹉离开的几个月之后,大山失火了,四面八方都烧起大火。鹦鹉在远处看到了一切,便钻进水里,用自己的翅膀取水,飞上天空,把自己羽毛中带的水洒下去,想要扑灭这场大火。这样,它不停地来回飞。天神说:"喂!鹦鹉!你怎么这样傻!这上千里的大火,难道会被你两翅间带的水扑灭吗?"

鹦鹉答道:"我知道用这点水是不能灭火的。但是,我曾寄居在这座大山里,山里的众多鸟类、牲畜和野兽,都非常仁慈善良,它们全都像亲兄弟一样,我不忍心见死不救。"

鹦鹉极其真诚的善意感动了天神,于是降雨扑灭了这漫山的大火。

懂鸟兽语

过去,龙王的女儿外出游玩,被一个放牛的牧人捆绑起来,还遭了毒打。正好赶上国王走到这个地方,看到龙王的女儿,便解救了她,让她回家了。龙王问女儿:"你为什么哭了?"女儿回答:"国王不问青红皂白就打我。"龙王说:"这个国王平常还是很仁慈的,怎么能无缘无故地打人呢?"龙王到了夜里变作一条蛇,在国王的床下听他说话。国王对他王后说:"我外出时看见龙王的小女儿,被放牛的牧人毒打,我解救了她,让她回家了。"

第二天,龙王变成了人,来到宫廷同国王相见并对国王说:"国王对我有大恩啊!昨天,我小女儿外出游玩,被人毒打,得到大王的帮助和解救。我是龙王,你想要的东西,我都能让你得到。"国王说:"我宫中的宝物已经很多了,我就是想要听懂各种牲畜鸟兽的话语。"龙王说:"好吧,那你就得斋戒七天。"七天之后,龙王来教他鸟兽的语言,并且说:"要特别小心,不能让别人知道。"

后来,国王和王后在一块儿吃饭,听见雌飞蛾说:"拿饭来。"雄飞蛾说:"各人拿各人的吧。"雌飞蛾说:"我这么大的肚子,不方便。"国王不禁失声大笑。王后说:"国王因为什么大笑?"国王沉默不语。后来,国王和王后在一处坐着,看到飞蛾沿着墙碰到一起,听到它们的争吵,互相打斗,共同掉在地上。国王又失声大笑。王后说:"为什么这样笑呢?"王后一再这样问国王,国王却说:"我不告诉你!"王后说:"国王要不把这事告诉我,我就在你面前自杀。"国王说:"我先出去,等我回来再告诉你。"

国王便从宫廷走出。龙王变出几百头羊过河。有一只怀孕母羊同公羊说:"你快回来接我!"公羊说:"我太累了,不能返回去接你过河。"母羊说:"你不回来接我过河,我便自杀,你没有看到国王得为妻子去死吗?"公羊说:"这个国王太傻了,竟然为妇人去死。你就是死了,难道说我就没有别的母羊了吗?"国王听到这些话,自己心里想:"我作为一个国王,难道还赶不上羊聪明吗?"

国王回到宫廷里,王后又说:"国王若是不说给我听,我就当场自杀。"国王说:"你能自杀,那太好了。在我宫中,妇女多得很,做什么也不用你了。"

瞎子摸象

很久以前,有一位国王命令手下官吏:"你们到全国各地去,寻找一些天生的瞎子,把他们都带到宫门前面来。"官吏们接到命令就出发了,将国内所有的瞎子都带到皇宫里,并向国王报告:"我们已找到国内数目不少的瞎子,现在都站在大殿下面。"国王说:"把他们带出去,将大象指给他们。"

官吏们按照国王的命令,把那些瞎子带到大象面前,牵着他们的手,把大象指给他们。在这些瞎子中,有的摸着大象的脚、有的摸着大象的尾巴尖、有的摸了大象的尾巴根、有的摸着大象的肚皮、有的摸着大象的胁部、有的摸着大象的脊背、有的摸着大象的耳朵、有的摸着大象的头部、有的摸着大象的牙齿、有的摸着大象的鼻子。这些瞎子们在大象旁边就纷纷争论起来,各自都说自己摸到的是真的,别人摸到的是假的。官吏们又把这些瞎子牵回皇宫,带到国王面前。国王问道:"你们摸到大象了吗?"

瞎子们回答说:"我们都摸到了。"

国王问道:"大象长得像什么啊?"

摸到大象脚的瞎子说:"大象长得像是一个装漆的竹筒。"

摸到大象尾巴尖的瞎子说:"大象长得像一把扫帚。"

摸到大象尾巴根的瞎子说:"大象长得像一根棍子。"

摸到大象肚皮的瞎子说:"大象长得像一面鼓。"

摸到大象胁部的瞎子说:"大象长得像一堵墙。"

摸到大象脊背的瞎子说:"大象长得像一张很高的床。"

摸到大象耳朵的瞎子说:"大象长得像一个簸箕。"

摸到大象头部的瞎子说:"大象长得像一只大斗。"

摸到大象牙齿的瞎子说:"大象长得像一只长角。"

摸到大象鼻子的瞎子说:"圣明的大王啊,大象长得像一根很粗大的绳子。"

这些瞎子们又在国王的面前一起争辩起来,都说:"大王,大象真像我说的那样!"

国王哈哈大笑,说道:"瞎子们啊!瞎子们!把你们每个人说的加在一块儿才是完整的大象啊!"

兔胜狮王

在一个有树林子的地方,有一只骄傲自负的狮王。它随意伤害兽类,简直没完没了。野兽被它看到了,它绝不放过。于是这个树林子里的羚羊、野猪、水牛、公牛和兔子等会集在一起,愁眉苦脸,双膝跪在地上,垂下头,恭恭敬敬地向兽中之王报告:"陛下呀!不要再干那些毫无理由的伤害所有的生物的事情了。希望不要再把我们的族类连根灭绝。我们准备每天轮流送一只林中的野兽来做你的食品。这样,陛下的生活也可以维持,而我们的族类也不致灭绝。愿陛下遵守王者之道!"

狮王说:"噢,你们说得很对。但是,如果你们不把野兽一只接一只地送给我,我就把你们都吃净。"从此野兽们过着安静的生活,不必再怕什么了。但是,因为天天轮流派送,它们也还是为自己家族成员的性命而担忧。

有一次,轮到一只小兔子。它就在心里琢磨开了:"怎样才能够把这只坏狮子杀掉呢?我一定要杀死它!"小兔磨磨蹭蹭往前走,让时间慢慢地过去,心里面七上八下,总想琢磨出一个杀狮王的好办法来。很晚了,小兔才走到狮王跟前。狮王气得要命,威胁小兔说:"喂,你这个混蛋!只来你这么一个小东西,而且还来得这样晚。由于你们犯了这个错误,今天我先把你吃掉,明天我还要把所有的野兽一齐吃光!"于是,这只小兔恭恭敬敬地跪下,说道:"主子呀!这个错误不在我,也不在其他的野兽。请听我说里面的缘由吧!"狮王说:"在你没落到我的牙缝之前,赶快说吧!"小兔说:"主子呀!因为我们太小,野兽们就把我同其他五只小兔派了来。走在路上时,一只狮子从洞里爬出来对我说:'你们到哪儿去?要记住你们的保护神!'于是我就回答:'我们是说好了,到我们狮王那里去当食品给它吃。'于是,它说道:'原来如此,这一座树林子是属于我的,所有的野兽都应该把说好的那些条件对我来履行。那个所谓狮王是一个贼。你去把它喊来,看看我俩究竟谁的力量大。谁是真的国王。'我就是受了它的委托到你面前来的。请狮王圣裁。"听了这些话以后,狮王说:"若是这样,赶快把那个强盗狮子指给我看,我好把满腔愤怒倾泻到它身上。"小兔说:"主子呀!真是这样。为了自己的国家,受到侮辱,应该进行战争。但是,那个家伙是住在一个堡垒里的。它从堡垒里出来,就把我们挡住了。一个住在堡垒里的敌人是很难打倒的。"狮王说:"伙计呀!把那个强盗指给我吧,不管它是不是住在堡垒里,我反正要把它杀掉。"小兔子说道:"正是这样。但是我仍然觉得,那家伙比你力气大。因此,不了解它的力量而贸然冲上去,对主子来说是不利的。"狮王说:"那跟你有什么关系?你赶快把它指给我,就算它住在堡垒里也好!"小兔子说:"那么,请主子过来!"它在前面带路,走到一口井前边,对狮王说:"主子呀!你的那种威风谁受得住呢?"从远处看到你,那个强盗就钻到它的堡垒里去了。你过来,我好指给你看。狮王说:"伙计呀!赶快指给我!"于是小兔子就把那一口井指给它看。

那狮王真是糊涂到家,它看到自己在水里的倒影,竟发出一声狮吼。于是由于回声的缘故从井里发出一声更加强烈的吼声。听到这吼声以后,狮王想到:"这家伙比我厉害。"于是就向它扑去,结果死在里面。

小兔子高高兴兴地回去了,它使得所有的野兽都兴高采烈,大家都称赞它,它们就这样痛痛快快地在这个树林子里住下去了。

兔与象王

在某一片森林地带,住着一只象王,有很多大象追随在它的周围。它保护着象群,每天就这样度过。

有一回,一连十二年没有下雨,水池子、湖、水坑、水塘都干涸了。所有的象都向象王说道:"陛下呀!有一些小象已经渴得快要死了,另外一些已经死了。因此,请想一个法子来止渴吧!"

于是,象王就派出许多快腿的仆人,到四面八方去寻找水。那些到东方去的仆人找到了一个湖,里面住着天鹅、印度鹤、鱼鹰、鸭子和各种水生动物。这里有各种各样的树木,被花朵压弯了树枝和细枝条。风乍起,吹动了清澄的水波,激荡的浪花拍打着湖岸。生长在岸边上的树木的枝叶形成了无数的遮阳伞,把太阳的炎热给挡住了。在清澄的湖水中间,开满了荷花,像一个森林,更增加了湖的美艳——总之,这个湖简直就是一片天堂。它们看到以后,赶快跑回去,报告了象王。

象王听了以后,就同它们一块儿慢慢来到这个美丽的湖边上。当它们从四面八方走到这一个容易达到的湖里去的时候,成千的兔子们就被它们踏得头碎、脖子歪、前脚断、后脚碎。这些兔子,自古以来就把窝搭在湖边上,怎么能想到会遭到这种灾难呢?

喝过了水,钻到水里洗过以后,象王就带了它的随从,回到它那搭在林子里面的窝里来。那些好歹躲过一劫的兔子就慌张起来:"我们现在要怎么办呢?它们已经找到了路,它们会天天来的。在它们回来之前,必须想出一个抵挡它们的方法。"有一只兔子,看到它们都怕得要命,它们的儿女、老婆和亲眷都给踏碎了,因而很发愁,它可怜它们,就说道:"你们都不必害怕!我向你们保证,它们不会再来了;因为,一切事件的见证者——太阳神曾加恩于我。"

于是,这只兔子就去了,它看到那一只象王被成千的用大耳扇风的大象围绕着,向着那个湖走来。这一只象王全身给那些花枝尖端上的苞蕾撒出来的细粉染黄了,它看上去像是一朵饱含着水分、闪着电光的云彩,它发出了低沉粗犷的吼声,像是雨季里一束巨大的电光互相撞击的声音,它的皮肤像是一堆纯洁的蓝荷花的叶子,它的鼻子卷了起来,样子像是最高贵的蛇王,它尊严高贵得像天神的坐骑……这兔子心里想:"像我们这一号的家伙是不能同它们到一块儿去的。因为只要一碰它,大象就能杀人。所以,我一定要找一个它们无法伤害我的地方去同它见面。"它这样想过以后,就爬到一堆崎岖不平的高耸的石头堆上,说道:"象王呀!你好吗?"象王听到以后,机警地观察了一下,说道:"你是谁呀?"兔子说道:"我是一个使臣。"象王问:"什么人派你来的?"兔子答:"月神派我来的。"象王又问:"你说一说,有什么事呀?"兔子讲道:"我把事情的原委都向你说明白,你不能惩罚我,因为使臣我是月神的嘴巴,下面的这些话是月神委托我来跟你说的。那一个月湖是因为我们月神的名字而得名的,你却无根无据地把它糟践了。那些兔子跟那一个作为我们的影像而为人所爱戴的兔王是亲属。你们应该保护它们,但却把它踏死了。这都是不对的。此外,你难道不知道,在世人中间,我的名字叫做'有兔子影像的'吗?我不和你多说了,如果你不停止胡作非为,那你就会从我们这里吃到很大的苦头。如果你从今天起就不干那种坏事了,你就会得到很大的好处;也就是说,你可以在这片树林子里任意痛痛快快地游逛,你的身子浸浴在我们洒出来的光辉中。不然的话,只要我们把我们洒出去的光辉一收回,你的身子就会炎热烧焦,你就会同你的那些随从一齐完蛋。"象王听了以后,它的心非常剧烈地跳动起来,它想了好半天才说道:"伙计呀!我的确做了对不起月神的事情。我不愿意同它冲突。因此,请你赶快把路指给我,我好到那里去安慰月神。"

兔子说道:"你独自跟我来,我好把路指给你。"这样说过以后,它就走到月湖那里,把月亮指给它,明亮的月轮光芒四射,清光令人怡神悦心,周围围绕着一群星:大熊星的七颗星、行星,这些星都在遥远的天空里闪耀,全部月轮都是丰满充盈,把倒影投在水里。那家伙看了以后说道:"我要满怀虔诚,向神致敬。"于是,它就把那一两个人用胳臂才能搂过来的鼻子伸到水里去。这样一来,水波就跃动起来,而那一个月亮也像踏上轮子似的左右摆动。于是,它就看到了一千个月亮。

兔子心里激动万分,它转过身来,对象王说道:"陛下呀!真糟糕,真糟糕!你惹得月神更加生气了。"象王说道:"月神为什么这样生我的气呢?"兔子说道:"因为你碰了这水。"象王听了这话以后,把耳朵垂下来,把脑袋碰到地上,跪下去,向月神请罪,它又对兔子这样说道:"伙计呀!在所有的情况下,都请你在月神跟前替我说几句好话,我不会再到这里来了。"

说了这几句话以后,象王就离开了这片湖区,回到它原来居住的大森林中去了。

骆驼受骗

在某一个城市里,有一个商人。他用一百只骆驼驮了贵重的衣服,向着某一个方向出发。有一只骆驼,因为驮的东西太重了,受不了那个苦,四肢无力,就倒下去不动了。这个商人于是就把它的东西分驮到别的骆驼身上,心里想:"这里是人迹罕至的树林子,在这个地方是不能停留的。"他把这一只骆驼丢下,就走了。商队走了以后,这骆驼就开始慢慢地到处漫游、吃草。这样,过了几天,它就壮实起来了。

在这个树林子里住着一只狮子,它的听差是一只豹子、一只乌鸦和一只豺狼。这些家伙在树林子里巡游的时候,看到了商队丢下的那一只骆驼。狮子看到这个从来没有见过的引人发笑的动物,就问道:"这片树林子里从来没有见过这东西,它是谁呀?"于是了解实际情况的乌鸦就说道:"这是一只骆驼,在世界上大家都知道的。"于是狮子问道:"喂!你是从哪儿来的呀?"骆驼就把它同商队分离的经过一五一十地照实说了。狮子为了加恩于它,就赐给它无畏。

有一次,狮子同一只大象打架,象牙把它的身体戳伤了,它留在洞里休养。五天过去了,这些家伙都因为没吃到东西眼看就要陷入绝境了。狮子看到它们衰弱下去,说道:"我因为受伤生病,不能像以前那样给你们弄食物了。你们现在自己努力干一下吧!"它们说道:"现在陛下这个样了,我们还保养什么呢?"狮子说道:"你们为臣子的,这种举动是好的,你们对我的依恋也是好的。虽然我现在是这个样子,你们把食品拿来吧!"因为它们什么也不回答,它又对它们说道:"喂!不要这样羞羞答答的!去找一只什么野兽吧!我虽然是这个样子,我仍然要弄一些食物。"

于是它们四下开始游荡起来了。当它们什么东西都看不见的时候,乌鸦和豺狼就商量起来。豺狼说:"喂,乌鸦呀!这样乱跑有什么用处呢?骆驼这家伙同我们的主子搞得非常亲密,我们把它杀掉就可以得到食物了。"乌鸦说道:"你说得很对,但是主子已经赐给它无畏了。它也许是杀不得吧。"豺狼说:"这是真的,但是我要做到让主子同意杀它。你先在这里等一会儿,我回家一趟,把主子的意见带回来。"它这样说过之后,就急急忙忙到主子那里去了。

它找到了狮子,对它说道:"主子呀!我们已经把整个林子都走遍了,现在我们饿得连一步都走不动了。陛下也要吃一些东西的。因此,如果陛下下令的话,今天就能用骆驼的肉当作食物。"狮子听到这些残忍的话以后,气呼呼地说道:"呸!呸!你这个坏蛋!如果你再这样说,我立刻就把你杀掉。因为我已经把无畏赐给它了,我怎么能够再把它弄死呢?"豺狼说道:"主子呀!如果你已经赐给它无畏而又把它杀掉,这当然是你的罪过。但是,如果它自己出于对陛下的爱戴而愿意献出自己的性命,这就不是你的罪过了。不然的话,我们中间的一个就要被吃掉了。为什么呢?陛下要吃东西,如果没法子把饥饿止住的话,那你就要进入彼岸世界了。我们不服侍主子,活着还有什么意思呢?如果陛下遭到什么不测的话,我们一定要随着你到任何地方去。"狮王听了以后,说道:"如果要这样的话,那你愿意怎样做,就怎样做吧!"

它听了这话,赶快跑了出去告诉它们,说道:"哎呀!主子的情况很不妙呀!生命的气息已经到了鼻子尖上了。没有了它,在这一片树林子里,谁做我们的保护者呢?它已经饿得快到另一个世界去了,因此我们要到它那里去,把我们自己的身体献给它,这样一来,主子曾给了我们很多恩惠,我们也就报了恩了。"

狮子看到了它们,说道:"喂,喂!你们找到了或者看到了什么野兽吗?"乌鸦回答:"主子呀!我们到处都跑遍了,可是我们没有看到什么野

兽啊!因此,现在就请主子把我吃掉维持自己的生命吧!这样一来,主子的身体能够强壮起来,我呢,也可以升天有份了。"

豺狼听到了以后,说道:"你的个儿太小了。主子把你吃掉,它的性命还是不能延续下去。此外,他还会犯一次罪。因此,你已经表达了你对主子的依恋爱戴,你已经在两个世界中获得了名声,请你现在站开点,好让我也来跟主子说几句话。"于是,豺狼恭恭敬敬地磕过头,说道:"主子呀!你今天把我吃掉来维持你的生命吧!"

听到这句话以后,豹子开了腔:"喂!你说得真对呀!可是你的个儿也不大呀,而且你我还是同类、你也有爪子、你是吃不得的。因此,你也往后退一退,好让我也跟主子说几句话,让他高兴一下。"于是,豹子磕头,说道:"主子呀!你今天用我的生命维持你的生命吧!你给我在天上找一个永世不朽的住处,让我的名声远播四海吧!因此,你在这里一点儿用不着迟疑。"

听了这话以后,骆驼心里就琢磨起来:"这些家伙都说了很多漂亮的话,但是主子一个也没有杀掉它们。我看这正是时候,我也要说上几句,好让这三个家伙把我的话也反驳掉。"它于是下定决心说道:"对呀!你说得真不错呀!不过呢,你也是一个有爪子的家伙,主子怎么能够把你吃掉呢?因此,你也往后退一退吧,好让我也来跟主子说上几句话!"于是,骆驼走上前去,磕过头,说道:"主子呀!这些家伙你都吃不得,那么你就用我的生命来维持你的生命吧!这样我也可以获得两个世界的美名了。"

骆驼这样说过以后,豹子和豺狼得到了狮子的同意,把它的肚子撕开,乌鸦把它的眼睛啄出来,骆驼就死去了。它们这些饿得要命的猛兽,就把它吃掉了。

互助友爱

鹿、乌龟、老鼠和乌鸦是四个好朋友。

一天,鹿被猎人布下的陷阱捉住了,乌龟为对朋友的爱心所驱使,急忙赶来解救。朋友们看到乌龟爬过来,都在心里大吃一惊。老鼠对乌龟说:"亲爱的!你干的这一件事不大妙呀,你竟离开你的堡垒到这里来了。这样一来,你怎能逃开猎人的毒手呢?对我们他却无可奈何。因为,我可以将绳索咬断,猎人没到的时候,鹿就会跑掉,乌鸦也会飞上树去,而我呢,因为我的个儿小,就爬到一个洞里去,可是你要是给他看见可怎么办呢?"乌龟听了这话以后,说道:"你不要这样说啊!我宁愿丢掉了自己的性命,也不愿意看到好朋友受到伤害啊!"

正在这个时候,猎人手里拿着弓来了。老鼠就在他跟前把那根绳索咬断,然后就溜到刚才说到的那一个洞里去了;乌鸦飞到天空里去了;鹿也赶快跑掉。猎人看到拴鹿的绳索已经咬断了,心里一惊,说道:"无论如何鹿也不会咬断绳索呀!难道说鹿咬断了绳索,是命运这样安排的吗?"当他一下子看到一只爬到同自己不相称的地方去的乌龟,同别人一样,他也想到:"虽然由于命运作祟,那一只鹿咬断了绳索跑了,我现在却又找到了一只乌龟。"猎人就用小刀割了一些草,拧了一条结实的绳子,把乌龟的脚拉出来,捆好,把绳子挂在弓的尖上,他怎么来的,又怎么走了。老鼠看到乌龟被带走了,大吃一惊,说道:"倒霉呀!倒霉呀!第一个灾难我还没有跨过……第二个已经临到我的头上。为什么命运总是这样不停地打击我呢?"

当老鼠说着这些痛苦而又伤心的话的时候,鹿和乌鸦大声喊着跑了过来,同它碰在一起。于是,老鼠就对它们两个说道:"只要我们的眼睛还能够看到这只乌龟,那么我们就有可能救它。因此,鹿呀!你跑过去,跑到那个猎人的眼前,在靠近水的地方倒下来,装着死去。乌鸦呀!你把你的两只脚放在鹿两只角的中间,装出要挖它眼睛的样子。那个倒霉的猎人一定会想:'这只鹿死了',他贪得无厌,会把乌龟丢到地上,向那里跑。我呢,等那家伙一跑,只需一会儿的工夫,就把拴乌龟的绳子咬断,把它放开,让它爬到附近的水中堡垒里去,我也就爬到苇子丛里去。此外,当那一个猎人走近的时候,鹿立刻逃走。"它们就这样做了。

猎人看到一只样子像是死了的鹿躺在水边上,一只乌鸦在那里啄它的肉。他心花怒放,把乌龟往地上一丢,就挥着棍子,跑了过去。就在这时候,鹿从脚步的声音上,知道猎人走来了,就用最快的速度,跑到树丛里面去了;乌鸦也飞到树上去了;给老鼠咬断了绳子的乌龟也钻到了水里去;老鼠也爬到苇子丛里去。

猎人以为这一切都是幻术,心里想:"这是怎么一回事呀?"就垂头丧气地回到放乌龟的地方去。在这里,他看到那条绳子已经给咬成了一百段一指头长的碎片了,他也看到,乌龟也像一个魔术家一样无影无踪。他自己疑虑重重,心里七上八下,赶快离开那树林子,向四下里看了看,就回家了。

于是,这四个善良的家伙就又跑到一块儿来,相亲相爱,愉快地生活下去。

驴蒙虎皮

在某一座城市里,有一个洗衣匠。他有一头驴,因为缺少食物,瘦弱得不成样子。当洗衣匠在树林子里游荡的时候,他看到了一只死老虎。他想道:"哎呀！这太好了！我要把老虎皮蒙在驴身上,夜里的时候,把它放到大麦田里去。看地的人会把它当作一只老虎,而不敢把它赶走。"他这样做了,驴就尽兴地吃起大麦来。到了早晨,洗衣匠再把它牵到家里去。就这样,随着时间的推移,它也就胖起来了,要费很大的劲,才能把它牵到圈里去。

有一天,这头驴听到远处传来母驴的叫声。一听这声音,它自己就叫起来了。那些看地的人才知道,它原来是一头伪装成老虎的驴,就用棍子、石头、弓箭,把它打死了。

肉猪吃粥

有一户人家养了一个女儿,城里一位富人已经聘定她为儿媳。做父母的想到女儿成婚之日应该备有美味佳肴招待客人,就每天用粥饲养一头猪。

这家还有两头耕牛,其中一头牛对于猪能吃粥很不满意,就对另外那头牛发牢骚说:"这家里牵引拖拉的重活都是我们弟兄俩干的,而主人只给我们吃些稻草麦秸,反倒给这头猪吃粥。它凭什么得到这样的优待啊?"另外那头牛回答说:"你不要羡慕这头猪。它吃的是断头食啊！因为主人的女儿结婚时需要美味佳肴招待客人,他们才给这头猪喂粥。过些天,客人们就要到来。那时,你就会看到主人捆住这头猪的脚,把它从窝里拖出去宰了,把它的肉做成美味佳肴招待客人。"

不久,客人们果然来了。主人宰了那头猪,做成各种美味佳肴来招待客人。

蛇伤恩主

一天,一条小蛇按照自己的习性出来漫步,爬到一位苦行者的屋里。

这位苦行者对小蛇产生了亲子之爱,将它收养在一个竹笼里。由于这条蛇居住在竹笼里,人们便称它为"竹蛇",而这位苦行者待蛇如子,人们也就称他为"竹蛇爹"。

菩萨听说有个苦行者养了一条蛇,便把那个苦行者召来,问道:"你真的养了一条蛇吗?"苦行者回答道:"是的。"菩萨说:"绝不可与蛇亲近,不要再养了。"苦行者说:"这条蛇对待我就像儿子对待父亲那样,没有它,我活不下去。"菩萨说:"可是,你留着它,你最终会丧命的。"苦行者没有听取菩萨的劝告,他舍不得扔掉这条蛇。

几天后,所有的苦行者都去采集果子。他们到达一个地方,见那里的果子长得特别茂盛,便在那里住了两三天。"竹蛇爹"也跟他们一起去了。他把"竹蛇"安置在竹笼里,关好了竹笼门。这样,两三天后,他与苦行者们一起回来,心想:"我要给竹蛇喂点食了。"他打开竹笼,伸进手去,说:"来,孩子,你肯定饿了。"这条蛇因为两三天没有食吃,怒不可遏,一口咬住伸进来的手,苦行者顿时丧命,跌倒在竹笼旁。

这条蛇则逃进了树林。

驱蚊伤父

古时候,一个村庄里住着许多木匠。其中有个秃头木匠在刨木头时,一只蚊子停在他的铜碗似的秃顶上,用锥子似的嘴扎他的头。

他对坐在自己身旁的儿子说:"孩子,有只蚊子叮我头,像用锥子扎我。给我赶走它!"儿子说:"爸爸,你忍一忍,我一下子就能把它打死。"

这木匠催促儿子道:"孩子,快把这只蚊子赶走。"

儿子答应道:"爸爸,我来了。"

他站在父亲的背后,拿起一把锋利的板斧,一心要打死蚊子,结果将父亲的脑袋砍成了两半。木匠当即倒地而死。

巨大鳖王

从前,有一只巨大的鳖王,在无边的大海里漂游,任意来往游弋、消遣娱乐。

一天,有一些商人从远方来到这里,从远处便看到了这只鳖王,以为是靠近水边的一块高高的陆地。于是,五百多个商人、许多车马,还有几千头牲畜,都停在鳖王的背上。商人们开始在鳖王背上烧水做饭,他们砍柴生火,还饲养那些牛、马、骡、驴和骆驼,来往行走,坐卧休息。

这时,鳖王的身体被烈火一烧,突然晃动起来,于是立刻移动身体,迅速地游进大海。他东西游荡,可是鳖王背上的烈火仍然没有熄灭。

商人们看到这种情况,以为是陆地在移动,海水流满各处。他们悲哀地大声哭喊:"我们今天必死无疑,这可怎么办啊!"

鳖王的脊背上被火烧的疼痛,再也忍受不住了,因而使自己的身体往下沉,进入了大海的深水之中。他背上的许多人都被淹死了。牛、马、骡、驴以及各种牲畜也都一齐没命了。

愚人攒奶

从前,有一个愚人,他想宴请客人,打算积攒一些牛奶,准备到宴请时供给大家饮用。

于是,他便这样考虑:"我现在如果每天都挤出牛奶来,就会越挤越多,最后还没有地方存放,日子长了,还要变酸变坏,莫不如先把它存放在牛肚子里,等到宴会那天,当场挤出鲜奶,那该多好啊。"

他这样想好了以后,便把母牛和吃牛奶的小牛犊分别拴在不同的地方,不让牛犊吃奶。

在一个月以后,他便开始举行宴会,把迎来的宾客安排就座以后,就把奶牛牵来了,打算挤出牛奶,请大家饮用。然而这头奶牛的乳房却干瘪得一点儿奶也没有,什么也挤不出来。到来的许多宾客,有人责怪他,也有人嘲笑他。

愚人就是这样,打算修行布施,却总是说等到了我非常有钱的时候,立刻进行布施。但是,还没有等他积蓄那么多时,他的财富也许就被县官、水火灾和盗贼侵占、掠夺了。有的人,甚至到了寿终正寝的时候,也还没有进行布施。那么,他也就是这样的愚人。

良医得酬

从前,有个国王得了重病,治了十二年都没有治好。国内的所有名医,没有一个能治国王的病。

当时,在这个国家旁边有一小国,受该国管辖。小国里有一个有名的医师,能治各种疾病。国王就下诏书把他召来,让他给自己治病。没有很长的时间,病情便大有好转。

大王打算酬谢这个医师的恩惠,多次派遣使者到小国去宣布国王的命令:"这个医师治好了国王的疾病,应该得到大功,给予奖赏。大象、马匹、车辆、牛羊、田地、房屋、侍女、随从和各种装饰品,都赏赐给他。"

那个小国的国王,奉命宣告国王诏书中的命令:要为医师建造房舍、高屋楼阁,还要给医师的妻子送去衣裳、饭食、珍珠玉环、装饰用品,以及大象、马匹和牛羊,所有的东西全都要准备充足。

这时,医师还留在大王的身边,没有人告诉他国王赏赐的事情。医师便在心里暗想:"我给大王治病,立有大功,不知道能不能给我以报答?"

又过了几天,大王的病全都好了。这位医师向大王告辞,打算回到自己的国家去。大王便接受了他的请求,并且送给他一匹瘦马和一辆破旧的车子。医师非常哀伤和怨恨:"我给大王治病,立有大功,而大王却不想着我的功劳,让我空手回去。"他顺着归途,不断哀愁、叹息,认为这是终生的遗恨。

医师回到自己的国家时,看见一群大象,便问赶象的人:"这是谁家的象?"赶象的人回答:"这是一位医师家的象。"他又问赶象的人:"那个医师为什么得到这么多的象?"赶象的人回答:"那位医师给大王治好了病,这是因为他的功劳所得的报酬。"

再往前走不远,又看见一群马,他问放马的人说:"这是谁家的马呢?"放马的人回答:"这是一位医师的马。"

再往前走不远,又看到一群牛羊,他问放牧牛羊的人说:"这是谁家的牛羊?"放牧牛羊的人回答:"这是一位医师的牛羊。"

再往前走不远,就看见自己的家了,殿堂高大,楼阁层层,同原来的房屋大不一样了。他问看门的人说:"这是谁的家?"看门人回答说:"这是一位医师的家。"

他便走进门去,看见自己的妻子体态丰满,面容喜悦,身穿华贵服装,便好奇地问道:"这是谁的夫人?"仆人回答:"这是一位医师的夫人。"

这位医师从看到象群、马群开始,一直到走进家里,他才明白:这一切都是给大王治病所得的报酬。于是,他自己觉得悔恨和惭愧:原来给大王治病时所花费的功力实在太小了。

野鹿夫妇

很久以前,大山里有一只鹿王,带着一大群鹿,吃草生活,一个地方接着一个地方,到处漫游。

后来,有个猎人安放绳索套住了鹿王。一大群鹿,各自跑散了。正在这个时候,有一头母鹿,看到鹿王被套住,就站在那里没走开。

这时候,鹿王从远处望见猎人拿着棍棒走来,便告诉母鹿要它赶紧走开。

可是,母鹿却迎着猎人走去,请求他不要伤害鹿王。

猎人听了母鹿的请求后对母鹿说:"被我套住的这个鹿王,同你有什么关系?"母鹿告诉猎人说:"这是我的丈夫,我们相互之间特别恩爱和敬重。因为这种情分,我才有这样的想法。我决不愿意和它有爱情的分离和诀别。由于这种情分,请您一定要先杀我,然后再杀鹿王!"

这时,猎人心想:"这真是一位坚贞仁义的妻子,少有啊!少有!一只鹿竟能做出这样惊人的举动!"

于是,猎人解开了鹿王身上的绳索,放走了母鹿并接受了它的请求。

弃老之国

在很久以前,有一个国家名字叫做弃老国。在那个国家里,所有的老人都要被驱赶到很远的地方,丢弃他们,不准回家。

有一个大臣,他的父亲已经很老了,按照国法,应该将他驱逐出境。

然而,这个大臣很孝顺,不忍心赶走自己的父亲。他就在家里挖了一个地洞,造了一间密室,把父亲安置在那里,随时来尽孝心,奉养老父。

这时,一位天神抓住两条蛇,放在国王的宫殿上,而且这样说道:"对这两条蛇,若能分辨出雌雄,你们的国家就会得到安宁。若是分辨不出来,你和你的国家,在七天之后,就要完全灭亡!"

国王听完这些话,心里特别烦恼,就和大臣们商量这件事。大臣们每一个都发表自己的意见,一致认为无法识别。于是,在全国范围内发布告示,招募人才,对能识别者,要封爵加赏。大臣回到家里,就去问他父亲。父亲对儿子回答说:"这事容易识别,把两条蛇放在细软的东西上,那个急躁跳动、乱蹦不停的,就是雄蛇;在那里一动不动的,就是雌蛇。"按照他所说的,果然识别出蛇的雌雄。

天神又问道:"什么人睡着了,还被称作觉醒者?什么人正醒着,还被称作沉睡者?"国王和群臣,又不能区别、辨明。再在国内招募人才,还是没人能解答。大臣问父亲:"这说的是什么?"父亲说:"这叫做学道之人,对于那些凡夫俗子,叫做觉醒者;对于那些罗汉,则叫做沉睡者。"大臣按照这些话做了回答。

天神再一次问道："这一头大白象，有多少斤重？"群臣共同商量，没有人能知道称量的方法。在国内也招募能人，还是没人知道称量的方法。父亲说："把大白象放在船上，再把船放在大池中，在齐着水面的船帮上画记号，记住深浅是多少，于是再用这个船，把称量过的石头放在里边，等船帮上画的记号和水面一齐的时候，就知道大象的重量了。"于是用这种知识做了回答。

天神再一次问道："拿一捧水，要比大海的水还多，谁能知道这是为什么？"大臣们在一起商量，还是不能解答。再一次到处招募人才询问，都没有找到能知道的人。大臣问父亲："这是指什么的？"父亲说："这话的意思容易理解。若有人能做到信念纯真、排除杂念，拿一捧水施舍给僧人、父母或穷困的病人，依靠这种功德，在数千万劫难中，能得到无穷的幸福。海水虽然很多，但是只能存在一劫之中。用这一道理推论，一捧水要比大海里的水多百千万倍。"大臣就用这些话回答了天神。

天神又变成一个饥饿的人，瘦得皮包骨，前来问道："世上还有没有因为挨饿而比我更贫穷、更消瘦的人呢？"大臣们思考之后，又是不能回答。大臣还是带着这个问题，去问他父亲。父亲立即回答说："这世上有人贪婪嫉妒、不恭敬佛教的'三宝'，不供养父母师长；到了来世，就要落入饿鬼之中，千百万年都听不见清水和谷物的名字，身子像大山、肚子像深谷、咽喉像细针、头发像锥子和刀子，从头到脚，无论哪里活动一下，都难受得像火烧火燎一样。像这样的人，比你更饥饿、更痛苦千百万倍。"大臣就用这话回答了天神。

天神又变为另一个人，手上脚上都套着镣铐，脖子上还戴着枷锁，从身体中冒出烈火，全身烧得又焦又烂，于是问道："世界上还能有人比我更痛苦吗？"群臣之中一概没有回答的人。大臣又问他的父亲，父亲就回答说："这世上有的人，不孝敬父母、陷害师长、背叛丈夫、诽谤'三尊'，到了来世，要落入地狱，要经受刀山剑树的艰险，要坐在烈火上像送到炉中的木炭一样忍受烧烤、要像掉进滚烫的河流和沸腾的尿水之中遭受熬煎、要像走在刀丛之中和烈火的道路上……这样的种种痛苦，无尽无休，数量不可统计。这种情况要比你的困难和痛苦高出千百万倍。"大臣就用这些话回答了天神。

天神又变化为一个女人,容貌端庄、如花似玉,要比世上女人都美丽,又开始问道:"世上还有比我更端庄美丽的人吗?"国王和大臣们都沉默了,没有接下去回答的人。大臣又问他的父亲。父亲这时又回答说:"世上的人,敬奉'三宝',孝顺父母、爱好施舍、忍受屈辱、精诚上进、遵守戒律,将来能转生到天上。这种人特别端庄好看,要超过你千百万倍。要和这种人相比,你就像瞎眼猕猴一样难看了。"于是,大臣就用这些话回答了天神。

天神又拿出一块真正的檀香木,横竖笔直、完全一样,又再一次问道:"哪边是树根?"国王和大臣们用尽所有的智力,也没有能回答的。大臣又问父亲,父亲答道:"这很容易知道。把木头放在水里,树根那一头儿,必定下沉;树梢那一端,必然上浮。"大臣又用这样的话回答了天神。

天神又拉来两匹白色的母马,形状和颜色没有一点儿差别,又问道:"哪匹是老马?哪匹是马驹?"国王和群臣还是没有能够回答。大臣又去问父亲,父亲回答说:"用草喂两匹马,若是老马,必定把草给马驹。"

这样,所有的问题,完全都回答了出来,天神很高兴,送给国王一大批珍贵稀奇的财宝,并且对国王说:"你现在的国土,我要加以保护,命令那些外边的敌人,不能来侵略。"国王听到这些话,特别愉快,问大臣道:"你所回答的问题,是自己知道的?还是有人教你的?依靠你的才智,国家获得安宁,我们得到了珍宝,天神又答应保护咱们,这是你出了大力啊!"大臣回答国王说:"这不是臣的智慧,请大王赦我无罪,我才敢说出真情。"国王说:"假如今天你有万死之罪,都可以不必追究了,何况是小小的罪过呢?"大臣向国王报告:"国家曾制定过法令,不准赡养老人。臣有老父,不忍心遗弃他。冒犯了王法,把他隐藏在地窖里。臣回答的一切问题,完全是老父的智慧,并不是臣的能力。只是请求大王,在国内一切地方,要孝敬、赡养老人。"

国王便称赞了大臣,心中十分高兴,还亲自奉养大臣的父亲,并尊崇他为老师。并且说:"您拯救了我的国家和一切人的性命,这样大的好处,以前,我都不知道。"于是,立即发布命令遍告天下:"不准遗弃老人,要依靠、孝顺和赡养老人。对那些不孝顺父母、不敬重师长的人,加以重罪。"

乌鸦和家雀

从前,有一只家雀,它和一只乌鸦交上了朋友。有一天,它们一块儿去找食,乌鸦看到一堆放在草席上晒干的红辣椒,它对家雀说:"你瞧那辣椒!咱们来比一比,看谁吃得多。"

"好吧。"家雀回答。

"谁赢了,就把输的吃掉。"乌鸦说。

家雀笑着答应了,因为它以为乌鸦在开玩笑,朋友是不会吃朋友的!家雀规规矩矩地吃辣椒,但乌鸦却采取欺骗手段,每吃一个辣椒,它就藏起三个,把它们藏在草席底下,不让家雀看见。

"我赢啦!现在我要吃掉你啦!"乌鸦说。

家雀终于弄明白乌鸦不是在开玩笑。它说:"好吧,我说话是算数的。不过在吃我之前,你得先把嘴巴洗洗干净,因为谁都知道你的嘴很脏,尽吃些脏东西。"

于是乌鸦跑到河边说:"小河呀小河!给我一点水,洗洗我的嘴,把嘴洗净了,好吃小家雀!"

小河回答说:"你想喝水吗?当然可以。但大家都说你吃脏东西,如果你想用我的水洗嘴,你得去找一个小钵,然后你要多少水,就可以灌多少。"

乌鸦跑到村子里,对陶工说:"陶工老伯伯,给我做个钵,用它装点水,洗洗我的嘴,把嘴洗净了,好吃小家雀!"

陶工回答说:"你想要一个钵吗?当然可以,不过我没有黏土,你去给我弄点黏土,我就给你做一个钵。"

乌鸦跑到田里用嘴去挖黏土。田地说:"全世界都知道你吃垃圾和脏东西。你得用锄来挖,要么我就不让你挖我的土。"

乌鸦跑去找村里的铁匠,铁匠正在做车轮。乌鸦说:"打铁的叔叔,给我打把锄,做一个小钵,需要挖点土;用钵装点水,洗洗我的嘴,把嘴洗净了,好吃小家雀。"

铁匠回答说:"你想要一把锄头吗?可以。不过我炉子里没有火,如果你要我给你做一把锄头,你得先给我弄点火。"

乌鸦跑到附近的一个农民家里。农民的妻子正在院子里煮饭。乌鸦说:"亲爱的老婆婆!给我一点火,做一把铁锄,用它挖点土;做钵来装水,洗洗我的嘴;把嘴洗净了,好吃小家雀。"

农妇回答说:"你想要火吗?可以。不过你怎样把它拿走呢?"

"请你把它放在我背上。"乌鸦回答。

农妇把火放在乌鸦背上,乌鸦的羽毛立刻烧了起来,把贪婪的乌鸦烧成灰烬。而诚实的家雀却快乐地度过了晚年。

农妇和老虎

有一天,农夫带着耕牛去耕地。他刚耕了一垄地,老虎就过来说:"朋友,愿你平安。今天早晨天气真好,你好吗?"

"您好,大王。我挺好,谢谢您。"农夫回答说。他吓得浑身发抖,但心想,对老虎还是恭恭敬敬地为妙。

"我听了很高兴,因为天神派我来吃你的两头牛,"老虎兴高采烈地说,"我知道你是一个信神的人,快点动手!把牛给我卸下来。"

"大王,您没有弄错吗?"农夫问道。他胆子壮了一点,因为老虎只想吃牛,并没有想吃他。"天神命令我耕田,要耕田就得有牛。您是不是最好再去问一问呀?"

"用不着去问啦。我不愿意耽搁你,"老虎说,"如果你把牛卸下来,我马上就可以准备好大餐一顿。"说完了,它就开始磨爪子,磨牙。那副张牙舞爪的样子可真吓死人!

农夫再三地请求老虎不要吃他的耕牛,并且答应用他家里的一头肥胖的奶牛来代替。

老虎答应了。农夫为了保险起见,赶快带着耕牛回家去了。他老婆是一个精力充沛、干活勤快的人。看见他这样早就从田里回来,便大声嚷道:"怎么!你这个懒鬼!我的活儿才刚开头,你就已经回来啦!"

农夫给他老婆解释他怎样遇到了老虎,为了救他的耕牛,他又怎样答应用奶牛来代替的经过。他的老婆一听就大声喊道:"真有这种事儿!你这是什么意思?竟想用我那头美丽的奶牛去换你那两头蠢牛!孩子们到哪儿去弄牛奶啊?没有奶油,我怎么做饭啊?"

"老婆子,你说得不错,"农夫反驳说,"可是没有面粉,我们怎么做面包呀?没有牛来耕田,我们哪儿来的麦子呀?没有牛奶和奶油,总比没有面包好。赶快去把你的奶牛拉出来吧。"

"你这个大笨蛋!"他的老婆骂他说,"如果你有一点点脑子,你就应该想出个办法。"

"你自己去想吧!"她的丈夫非常生气地说。

"好,我来想办法,"他老婆回答说,"不过要我动脑筋,你就得照着我的话办事,因为我不能同时做两件事呀,你回去告诉老虎,奶牛由你的老婆带给它。"

农夫是一个胆小鬼,不愿意空手回去见老虎,但他想不出别的办法,只好照着老婆的话去办。老虎还在那里磨牙、磨爪子,它肚子饿极了。老虎一听还得要再等一会儿,就吹胡子、甩尾巴、大吼起来,它那可怕的模样把农夫吓得膝盖碰膝盖、浑身发抖。

农夫离开家以后,他老婆就走到马棚,把小马套上鞍。她穿上丈夫最好的衣服,把头巾裹得高高的,好显得高大一些,然后骑上马,朝着老虎那边走去。

她在马上抬起头、挺起胸,装出一副男子汉大丈夫的样子,当她来到通往麦田的小道时,她扯开喇叭似的大嗓门喊道:"天神保佑,让我在田里找到一只老虎!自从昨天早晨我吃了三只老虎当早餐之后,到现在还没有吃过老虎呢!"

老虎听到这话,又看见说话的人大模大样地骑着马朝它奔过来,吓得它调转屁股,逃到森林里去了。它跑得这样快,几乎把它的朋友黑背豺撞倒了——老虎总是有一只黑背豺跟它做伴,啃它吃剩的骨头的。

"大王!大王!"黑背豺大声喊道,"您上哪儿,跑得这样快?"

"赶快跑,赶快跑吧!"老虎上气不接下气地说,"那边田里有一个魔鬼般的猎人,他一顿早饭吃三只老虎!"

黑背豺听了这话,用爪子捂着嘴笑道:"亲爱的主人,太阳把您的眼睛照花了!那边没有什么猎人,只有农夫的老婆,打扮成男人的样子。"

"你有把握吗?"老虎停下来问。

"大王,我完全有把握,"黑背豺说,"如果您的眼睛没有被——啊嗨——被太阳照花,您就会看到这人的背后垂着一条长辫子。"

"不过你也许弄错了,"怯懦的老虎坚持说,"她看起来可真像一个魔鬼般的猎人!"

"我才不怕她呢!"黑背豺回答说,"不要为一个女人牺牲你一顿午饭!咱俩一块儿去。"

"不,说不定你把我带到那儿之后,自己却逃跑了!"老虎担心地说。

"好吧,咱们把尾巴结在一起,这样我就没法儿跑了!"狡猾的黑背豺建议说。它决心不放弃它那顿肉骨头。

老虎同意这个办法,它们把尾巴打了一个死结,就肩并肩地朝前走去。

农夫和他妻子还在田里嘲笑老虎。突然间,看呀,来的正是把尾巴结在一起的老虎和黑背豺!

"跑吧!"农夫喊道,"我们完蛋啦!完蛋啦!"

"没有这么回事儿,你这个大傻瓜,"他的老婆冷静地回答,"住嘴,我连自己说话都听不见了!"

她等到它们来到可以听见说话的地方时,就客气地说:"亲爱的黑背豺先生,你太好了,给我带来了一只这么肥的大老虎!用不了多大工夫我就可以吃完它,你就可以啃骨头了。"

老虎一听这话,吓得魂飞魄散,它忘记了黑背豺,也忘记了尾巴上打了死结,拼命朝前跑,把黑背豺拖在后面,在石头上乒乒乓乓地磕碰,它被多刺的丛林擦破、刺伤。

黑背豺哀嚎着、嚎叫着,请老虎停下来。但它的声音只有使怯懦的老虎更害怕。它惊慌失措地狼狈逃窜,越过高山峡谷,一直跑得几乎喘不过气来,那黑背豺更是浑身受伤、奄奄一息。

农夫和他的老婆从此再也不受老虎的祸害了。

农人和鸽子

有一个村子里住着一个农人。他非常穷苦,在村子里找不出比他更穷的人了。虽然他不怕任何劳作,然而还是无法避免穷苦。于是他想到城里去。他想,在城里也许可以过活。

到城里的路是不近的。须得在茂密的森林里、广大的山谷中、险峻的山路上走十天。但这个农人没有一粒米,也没有一点葱或蒜。他就决定在路上打猎,借以获得食物。他做了一把弓,削了十支箭,便出发了。他走了一天,走了两天,有时射中一只野兔,有时打着一只家兔。不知不觉地过了六天。这农人看看腰里,只剩下两支箭了。

农人忧愁起来:到城里的路还远,他身上一共只剩两支箭,能打得多少野味呢?

他躺在树荫底下休息,考虑如何办。忽然看见树顶上有一只深蓝色的鸽子在巢旁边盘旋并且聒噪,因为有一条大蛇正在沿着树干爬到它的巢里去,想要吃小鸟。

农人跳起来,拿起弓箭、拉开弓弦,照准目标射去,那支箭正好射中这残忍的蛇的眼睛!蛇便从树顶上跌下来,死去了。

那鸽子欢喜地鸣叫着,在农人头顶上盘旋。农人把弓插在背上,继续前进。现在他只有一支箭了。

"唉,"农人想,"这支箭必须保存了。在路上不知还要发生多少事情呢!"

傍晚,他找寻山洞,以便夜里躲避野兽。忽然他看见远处有一点火光闪耀着。他向这火光走去,走到了一座大寺院的大门口。

看门的人让他走进院子里,给他一捆稻草,农人便没有别的需要了。他躺在稻草上,睡得很熟。

农人做一个梦,梦见有人在绞死他。

他醒来,手脚都动不得了。一条大蛇缠绕在他身上,就要把他绞死了。

但是在近旁的树上,停着那只深蓝色的鸽子,在悲哀地聒噪着。

农人使出最后的气力来问那条蛇:

"你为什么要绞死我?"

"因为你今天白天射死了我的妻子。"蛇回答。

农人看见自己要完了,便向蛇求饶:

"蛇,你放了我,你要我做任何事情,我都替你做。"

蛇便对他说:

"从前我也是一个人。一个魔法师为了我的残忍和凶恶,把我变成了一条蛇。倘若在半夜里把寺院的宝塔上的大钟敲起来,魔法就会失去力量。你今天半夜里去敲钟,我就饶恕你,倘若你办不了这件事,你就要同生命告别了。"

这农人怎么办呢?他就接受了蛇的命令,照它所说的去做。他走到宝塔旁边,一看,宝塔高得很,无论如何爬不到钟的地方。宝塔的门都锁闭着,到处挂着重重的锁。而从外面无论如何爬不到钟的地方,因为附近一架梯子也没有。

农人想了一会儿,想不出办法。而那条蛇躺在他旁边,盯着他看。离半夜只有一分钟了。

他想起:他还有一支装有铁箭头的箭在身上。

这农人高兴得很,他想:倘若箭头打在钟上,钟当然会发出声音。虽然声音不大,但总是响了!

他就拉开弓弦,瞄准目标,放出了最后一支箭。

箭嗖嗖地飞去,隐没在高空中,并无声响。它没有射中那只钟。显然是因为在暗夜里,这农人不能瞄得准确。

"立刻要你死!"蛇叫道。

它正要扑向农人,忽然从高处的塔上传来隐约可以听见的轻微的钟声。

蛇听见了这钟声,发出可怕的啸声,蜿蜒地爬到了寺院的大门后面,立刻在那里变成了一个人。

农人很奇怪,这钟怎么会自己发出声响呢?他很久不相信自己的幸运,后来躺在稻草上睡着了。

他醒来的时候,太阳已经很高。他拜谢了看门人,便启程赶路了。但是他刚刚走到宝塔旁边,看见地上有一只深蓝色的鸽子,胸脯破裂,死在那里。

农人到这时候才知道昨夜救他性命的是谁。这只深蓝色的鸽子用胸脯去撞钟,使它发出这救命的声响来。

这鸽子为了报恩,救了农人一命。

幸运的兔子

很久以前,在大洋的深处发生了大的灾难:海的统治者老龙病危了。它的御医——海豹——观察它的长长的舌头,按它的肚子,都没有用,它始终看不出它的君王的致命的病,不知道应该开怎样的药方。老龙一天一天地虚弱起来、衰老起来。它吃了海豹的药,病只有更坏。所有的朝臣在宫廷里踮起了脚尖走路、轻声地说话。谁笑一笑,就要处以死刑。

有一次,隐士章鱼来到宫中。它多年不曾离开过自己的住处了。但因为海龙王得了致命的病,老章鱼便来到御前,说道:

"陛下!医生、朝臣、博士、学者——没有一个能够解除您的苦难、医好您的疾病。只有我能够医好您。我的祖父从前曾经生过这种病。死前一分钟,有一位医生给了一个活兔子的肝。它吃了兔肝病就好了。陛下,吩咐它们替您搞到活兔子的肝,就可以医好您的病。在海里当然没有兔子,但在岸上,离开这里不远的地方,住着很多兔子。"老龙听完了章鱼的话,悲叹起来:"我是海洋的皇帝,鲸鱼和鲛在我面前都发抖,我曾沉没巨舰,然而我却不能捉到一只小小的兔子。"

老龙伤心了一天又一天,到了第三天它命令把所有的朝臣召集来。

朝臣想了很久:怎样可以捉到兔子,但是一点儿办法也想不出来。最雄辩的那些参谋也默默无言,仿佛嘴巴被堵住了一般。后来大鲸鱼说话了。它这样说:

"我们的伟大的海龙王!请派我去捉兔子。我立刻把这个懒惰东西送到宫里来。"

老龙惊奇起来。

"谢谢你,鲸鱼。但是,我的忠诚的臣子,你可否告诉我,你准备怎样捉到这个动物?"

"很简单的,"鲸鱼回答,"我游近岸边去,碰见了兔子,我吞了它,游回来。"

"啊哟,鲸鱼!"龙王悲叹起来,"你的头很大,但你的智慧很小!叫我怎样从你的肚子里取得兔子呢?"

狼狈的鲸鱼默默无言,拼命向侍卫鲛的背后躲去。

"这样说来,我的贤臣之中没有一个能把小兔子弄到海底里来吗?"龙王叫喊,鲸鱼吓得发抖了。

这时候一只乌龟爬到龙王面前,低声说道:

"陛下,派我去捉兔子吧。我有四只脚,我不但会游水,又能整天在旱地上走。明天我出发到山里去找兔子,我骗它,把它带到这里来。"

龙王想了一想,决定让乌龟去捉兔子。乌龟是狡猾的,所以它的头像蛇。

"你的计策好极了!"龙王叫道,"立刻到地面上去吧。现在我的性命寄托在你的智慧上了。"

乌龟忙了一会儿,匆匆地和亲友告别,升到海面上去。海岸不远。乌龟游上岸,爬向山里去了。它受到这委任,很是高兴。当然!倘若它把兔子弄到了海底,龙王一定会封它为军师的。

乌龟忽然想到:它有生以来没有看见过兔子。

"真糟糕!"乌龟低声说,"我匆匆出门,没有向谁问过兔子是什么样子的。我须得回家去。"

于是乌龟爬到海岸上,跌进海中,降到海底,离王宫不远的地方。这地方,像往常一样,朝臣都聚集在一起。

"先生们,"乌龟狼狈地说,"你们之中有谁遇见过兔子吗?"

群臣里面发出笑声来。这是一只大蟹凸出了眼睛在那里笑。

"你为什么笑?"乌龟动怒了,"你好无礼!"

蟹横行到乌龟身边,说道:

"我笑你的无知。"

"这样说来,你是遇见过兔子了?"

"当然!我怎么会不认识兔子呢?我在山的附近散步的时候,遇见过好几次。"

"啊哈,好极了!那么请你告诉我兔子是什么样子的。"

"我乐意告诉你,但是大家都知道你的记忆力不是很好。最好让我把这个动物的样子画给你看吧。"

"好蟹,我何等地感谢你!我做了军师的时候,绝不会忘记你的。"

乌龟把图画藏在它的甲壳里了。重新爬到海岸上。它立刻踱向从前兔子所住的山里去了。碰巧,兔子这时候正在做饭前的短时间的散步。它刚刚跳了几步,忽然听见谁在叫它。

"谁在叫我?"兔子站定了问。

乌龟便从石头后面爬出来。它大胆地爬近兔子,把它从各方面端详了一会儿,然后问道:

"请听我说!你是兔子吗?"

"我正是兔子!"兔子神气十足地说,"但你是什么野兽?我倒是第一次看见呢。你从哪里来到我们这地方,有什么事?"

"我是乌龟,我住在海底。所以你从来不曾见过我。今天我为了一件重要的事,必须到这里来。"

"但是,你既然从来不曾见过我,怎么知道我是兔子呢?"

"这很简单,我有你的肖像呢!"

乌龟拿出那张画来给兔子看。

"画得像极了!"兔子高声叫道,"完全是我!你从那里得来的?"

"是海龙王的一个朝臣——蟹,把你的肖像送给我的。"

兔子很惊奇。

"乌龟,你为什么需要我的肖像?为什么叫我?"

"亲爱的兔子,我到你这里来,是为了传达我的陛下的邀请。海龙王邀你到它那里去做客。"

兔子说:"谢谢你的殷勤的邀请,但我不能跟着你到海里去。你难道不知道我不会游水,而且很怕水?"

"笑话!"乌龟说,"你放心好了。我带你到海底去,保证十分安全。"

但兔子完全不想离开种着卷心菜的田野、不想离开长着甜美的萝卜和多汁的胡萝卜的菜园、不想离开它的那么宽敞而舒服的洞。因此它又问道:

"你们的皇帝为什么需要我,你知道吗?"

"当然知道的,"乌龟开始说谎,"事情是这样——海龙王是世界上最仁慈、最公正的皇帝。倘若它的国土里有居民生病,它就会流眼泪。现在,这位最仁爱的国王听说你在地上生活得不好,蟹告诉它说,'老鹰会来啄你、老虎会来把你粉身碎骨、猎人会射死你。它听见了简直号啕大哭了。''去邀它到我这里来!'皇帝流着眼泪说,'这里是海底,绝对不会有什么东西来难为它的。这里既没有老鹰,没有人,更没有老虎!'为此,我到这里来邀请你。"狡猾的乌龟这样地结束了它的话。

兔子听了乌龟的话悲哀起来,说道:

"这是真的!在地上大家都要迫害我——野兽、鸟、人都要迫害我。有好几次我差一点儿丢掉性命!即使在我的洞里,我也并不觉得安全。既然如此!我要到海底去,因为在那里大家都是那样地仁慈、亲切啊!"

"好极了,"乌龟高兴地说,"我们不要耽搁时间,我们立刻走吧!"

"好,好,我们立刻走吧!"

乌龟同兔子就走向海边。兔子因为幸福而带着笑容,不停地摆动耳朵,高高地跳起来。虽然乌龟拼命地快跑,但是在兔子看来远没有蜗牛快。兔子忍不住了,说道:

"尊敬的乌龟,请你坐在我的背上,那么我们一下子就可到海岸上了。到了那里,再请你带我。好不好?"

"当然好了!我是平生第一次到旱地上来,我觉得在地上走,真是一件苦事。"

乌龟爬到了兔子的背上。兔子便向海边飞奔。它跑得极快,仿佛有狼追它的样子。乌龟的头还没有缩进甲壳里去,它们已经来到了海岸上的松林中了。兔子从来不曾见过海。它见了觉得很可怕。海风吹着,波浪喧嚣着在海岸边卷起泡沫来。

"乌龟先生,你看,海浪多么大。在这样的风暴中很容易溺死呢!"兔子恐惧地说。

"说哪里话!"乌龟笑道,"一看就知道你是从来不曾到过海边的。它只是表面上不平静。我们只要钻进去,一切就都很好了。现在你坐在我身上,一点儿也不要怕。"

但是兔子犹豫不决。它不知怎的害怕起来,不敢跳进海里去。

忽然,兔子的老朋友——獾,来到这里。獾在离开兔子的洞这么远的地方遇见它,觉得非常惊奇。

"你到这里来做什么?"獾问。

兔子用脚掌摸摸胡须,神气十足地说道:

"乌龟先生通知我,海龙王要同我做朋友。我正要出发到它的国土里去。"

獾愤怒地摇摇头,高声叫道:

"呆话!你在那边一天也活不到!"

"空话!皇帝本人一定要同我做朋友,海底里谁敢难为我呢?"

"你受骗了!海底里聚集着许多妖怪。你到那里便在劫难逃了。而且你要晓得——无论你怎样喊救命,你的朋友们谁也不能到那里来帮助你。你听我的忠告,赶快离开海边,不要再相信那只乌龟。"

獾的话说得那么果断,兔子听了觉得不自然,便对乌龟说:

"乌龟先生,我告诉你,我想起了我的洞里还剩下一些极好的胡萝卜。因此我不能立刻到你们的皇帝那里去。"

然后兔子就跳了跳,便跳到獾的旁边,它们两个便不慌不忙地走进树林的深处去了。

乌龟看见它们走了,悲哀地叫道:

"多么不幸啊!皇帝将多么苦痛啊!我这呆子,忘记对兔子说了最重要的话。我们的皇帝年纪老了,没有子女,它要把自己的国土送给聪明的兔子呢!"

大家都知道兔子的耳朵是很长的,它当然一字不漏地听到了乌龟的叫声。但听觉迟钝的獾一点儿也没有听见。

"獾,你听我讲,"兔子说,"我还是暂时到海龙王那里去一下吧。去看看那边的生活怎么样,也是有趣的……"

于是兔子跳回海边来,乌龟正在那里等它。

"我决定摆脱你们皇帝的苦痛,而成全它的愿望,"兔子说,"并且,我恐怕你自己回去,皇帝要对你动怒……"

"早应该如此!"乌龟欢喜地说,"那愚笨的獾因为嫉妒,所以对你说了一大堆废话。那么我们走吧!"

于是乌龟背了怕得发抖的兔子,跳进波浪里去。

乌龟在地上爬起来很困难，但在水里游起来很快，而且很稳健。游到了海的中央，乌龟开始降到海底。它非常熟悉路，正好降落在宫殿面前。

守门的人看见乌龟背着兔子来了，立刻报告龙王，说是等候已久的客人来到了。两个鲛替兔子打开宫门，乌龟便把兔子背到御座前面。海龙王就坐在这御座上。

"仁慈而威武的龙王，"乌龟说，"您的命令已经实现了。在您面前的便是活的兔子。您可以吃它的肝了！"

兔子听了这话，吓得几乎跌倒了。但它很不愿意死在这里，它就温和而响亮地说话，说得大家都能听见。

"亲爱的乌龟，为什么你在地面上的时候没有对我说明仁慈的皇帝需要我的肝呢？！"

乌龟嘻嘻地笑道：

"因为我倘若早先对你说明了这一点，你就绝不肯跟我来了。"

"乌龟先生，你这件事办得不聪明呢。为了这仁慈的皇帝，我乐意把一个肝给你，也许两个肝都给你。为了这样威武的皇帝，我什么都不吝惜。但是，我的肝没有带在身上，我把它藏在我的洞里呢。现在我们只得重新走出到地面上去，拿了我的肝，然后再回到海底。乌龟先生，你平添了这许多不必要的辛苦呢！"

龙王听说乌龟带来的是没有肝的兔子，大为震怒。因为这只乌龟常常忘记它的主要使命。龙王打了三个喷嚏。这表示它是大怒，然后咆哮道：

"糊涂东西，你怎么可以不对兔子说起它的肝！立刻同它回去，傍晚以前必须把有肝的兔子带到我面前！不然，我就命令鲛把你吞掉！"

兔子重新坐在乌龟的甲壳上，浮到海岸边来。乌龟一踏上岸，兔子立刻从它背上跳下，奔进树林里去了。

"再会，愚笨的乌龟！"兔子叫喊，"你要我的肝，肝在这里！"

它用后脚站起来，用前脚拍拍自己的肚子。

乌龟看时，它早已逃走了。它哪里追得着兔子！

乌龟知道龙王是不会开玩笑的。如果回到海里，它就会被鲛吞食。乌龟想了又想，终于决定了："倘若这愚笨的兔子能够住在地面上，我也可以在地面上过日子。"

于是乌龟留住在地面上了。

一切地面上的乌龟都是从它开始繁殖起来的。

但兔子们从这时候起,从来不靠近海岸,也不同乌龟说话了。

千足虫和蚯蚓

很久以前,在一块石头底下,住着一条美丽的千足虫。它是有名的摩登女郎。它欣赏自己那些小脚,不厌不倦。但它的脚共有一千只,因此它天一亮就开始欣赏,必须欣赏到第二天太阳落山,方才结束这件乐事。倘若它的邻居中有谁偶然踩了它的脚,这千足虫便因受到屈辱,把身子卷做一团,对谁也不肯讲一句话。

离开千足虫不远的地方,住着一条很长的蚯蚓。这是一条非常爱劳动的蚯蚓。它一天到晚掘地,挖了很长的隧道和复杂的地下通路,对于自己的命运它很满足。

因为长期在地下爬行的缘故,蚯蚓的身体异常地光滑、异常地长、异常地敏捷。

有一次,下过雨之后,蚯蚓从地下的家中爬到地面上来,碰到了千足虫,一见倾心,立刻爱上了它。千足虫看见了蚯蚓,也爱上了它。

就在这一天,蚯蚓请出媒婆——一只老蜥蜴,派它到千足虫的父母那里去。蜥蜴极口称赞蚯蚓的风采和才智,以及它的修长身材和它的多层的地下住宅,说得千足虫父母立刻应允嫁给了它。别的蚯蚓一听到这消息,都扭着身子,唉声叹气。

"这是可怕的事!"有些蚯蚓叫道,"你只要仔细想想——它的未婚妻有一千只脚呢!这不幸的蚯蚓对鞋匠的账永远还不清了!"

另有一些蚯蚓说:

"未婚妻是摩登女郎,它会要求五百双日常穿的短靴、五百双出门穿的长筒靴,和五百双漂亮的山羊皮长筒靴!"

千足虫的女朋友们也觉得不满意。

"它为什么爱上这蚯蚓呢?它一只脚也没有,这是个怪物!"有些千足虫这样说。

"你只要想,"另有些千足虫接着说,"这样长而难看的身材,它的衣服裁起来、缝起来、浆起来,不知要费多少日子啊!"

还有些千足虫吃惊地说:

"可怜的千足虫啊!它从此不得安闲了。它必须从早到晚替丈夫洗衣服,用洗衣棍敲衣服、浆衣服。因为蚯蚓住在地底下,身上很脏,每天要换十次衣服呢。"

千足虫听了女朋友们的议论,心中很不舒服。当那未婚夫高高兴兴地在地里替未来的妻子掘出一层新房来的时候,千足虫正在考虑它将来的责任。

它想起自己必须替丈夫缝长长的衣服。又想起这些衣服必须不断地浆洗,要使屋子里舒服、清洁而滋润,它必须永远操劳。

千足虫躺在石头底下,日夜考虑这件事,终于懊恼起来,决心不嫁给蚯蚓了。

在千足虫把这意见告诉蚯蚓以前,蚯蚓早已听到关于它这决心的消息了。

起初,蚯蚓对于美丽的千足虫的拒婚非常悲痛。但后来它记起了它的朋友们所说的话,想道:

"我哪里来这么多钱替千足虫买靴子呢?"

当蚯蚓算出了买五百双普通凉鞋所应付的价钱的时候,它竟恐慌得全身紧缩了。当它想起了买五百双漂亮的长筒靴所应付的价钱的时候,它几乎发晕了。

"这是不可能的!"蚯蚓叫道,"这么多靴子它放在哪里呢?!千足虫穿了五百双木底短靴而走起路来,屋子里将发出多大的声响!这会把耳朵震聋的。"

可怜的蚯蚓觉得自己已经失望了、困疲了。它钻进自己的地下住宅的最深的房间里,取出墨来、拿起笔来,写了一封拒婚的信给它的未婚妻。

千足虫那里收到蚯蚓的信的时候,蚯蚓也从千足虫收到同样的一封信。它们的婚事就此告吹,蚯蚓终身做了独身者,千足虫则终身孤居在那块古老的石头底下。愚笨的蚯蚓不会知道千足虫是从来不穿靴子而赤脚走路的;懒惰的千足虫也不会想到蚯蚓是永远穿着同一件衣服而不会弄脏的。

听了别人的谣言,相信了无聊的闲话,往往会发生这样的事情。

狐狸智剥狼皮

有一次,兽王老虎得了重病。它躺在自己的洞窟里,大声地呻吟,吓得住在林子那一头的兔子用脚掌塞住自己的长耳朵。野兽们替它们的首领找寻医药,都无效果。老虎的病一天一天地加重着。

于是狼首相向林子里的野兽发布命令,叫它们去向这山林的兽王问候。老虎的洞窟里整天聚集着许多野兽。它们向兽王深深地鞠躬,祈愿它早日恢复健康。

到了傍晚,所有的野兽都来访问过了,除了一只狐狸——一只栗色的狐狸还没有来访问过兽王。狼一向恨狐狸,因为狐狸常常嘲笑它,说首相完全不应该是狼,应该是最普通的狗。

因此狼得知了狐狸不曾访问过老虎,便走进洞窟,走到将死的兽王面前,说道:"伟大而威武的君王!一切臣子都来到您的病床边,大家祈愿您幸福而健康。只有一只野兽忘记了自己的义务,不肯到您这里来。"

"这是谁?"老虎咆哮道,"替我把这罪犯的名字说出来!"

狼露出牙齿,回答道:"公正的君王,就是狐狸!它犯了应该处死的罪!"

"找它来,把它粉身碎骨!"老虎怒吼。

满心欢喜的狼跳出洞窟,奔向狐狸所住的树林的一端去了。

其实狐狸一直躺在洞窟旁边的丛林里,它在那里听狼说它的那些坏话。狼隐没在树林中时,狐狸就走进洞窟,恭敬地向生病的兽王问候。

"谁放你进来的?"老虎叫道,"你怎敢到这时候还不来祈愿我的健康和永久幸福?"

狐狸俯伏在地,放松了它的栗色的尾巴,用甜蜜的声音说:

"伟大的君王,请让我说明您的臣仆之所以来得这样迟的缘故。所有的野兽都到您的病床前来问候过您。但是其中没有一个拿神效的药来送给您,没有一个想到如何减轻您的苦痛。"

"这是真的,"老虎说,"它们之中没有一个说起过怎样使我恢复健康和强壮的!"

于是狐狸继续说:"问候健康——不是一件难事。但是这决不能使病好起来。我日日夜夜地考虑:怎样可以延长您的寿命呢?我走遍各国,去寻求可以医好您的良药。伟大的君王,因为这缘故,我来得这样迟。"

老虎听了这话高兴起来,叫道:"狼还没有执行我的命令,真是幸运!赶快把药给我,假如这药能医得好我的病,我封你做首相。"

狐狸说:"我跑了十个国家,然后遇到一个有名的医师。我问他:'要使我的威震山林的君王健康而幸福,应该怎么办。'这有名的医师回答我说:'让它在狼的毛皮上睡十夜,它便恢复健康了。'"

说过这话,狐狸谦恭地向兽王鞠躬,然后退出洞窟。

老虎立刻命令把狼找来,剥去了它的皮。

老虎躺在狼皮上,开始等候恢复健康。狐狸就在这时候收拾它的财物,迁居到别处的树林里去了。

老虎在狼皮上躺了十天十夜,但病并没有好。这时候兽王才知道狐狸骗了它,但是已经迟了。

而狼的死是活该的。凡是想粉碎别人的人,往往弄得自己没了皮。

獾和貂打官司

有一次,獾和貂在林中的小路上跑,看见一块肉。他们跑到肉旁边。

"我找到了一块肉!"獾叫道。

"不对,是我找到了一块肉!"貂大声叫喊。

獾坚持自己的话:"确实是我找到的! 争论是徒然的!"

貂也坚持自己的话:"是我先看见的!"

它们争论又争论,几乎打起架来,然而没有结果。

于是獾说:"我们到审判官那里去,让审判官给我们判决吧。"

这树林里的审判官是狐狸。

狐狸听完了獾和貂的话,想了一想,说道:"要判决你们的争论并不难。把你们所发现的肉拿来给我看看。"

两个争吵家把肉交给审判官。狐狸又想了一会儿,说道:"肉是属于你们两人的。应该把这块肉平分为两份。一份让獾拿去,另一份让貂拿去。"

狐狸说着,同时把肉撕成两部分。

"分得不公平,"獾哀告道,"貂的一块比我的大。"

"那么我们重新分配吧。"狡猾的狐狸说过之后,迅速地在貂的一份上咬掉了很大的一块肉。

"现在獾的一块比我的大了。"貂叫道,"分得不公平!"

"不要紧,我们可以再分配。我欢喜凡事都公平。"

狐狸说过这话,又在獾的一份上咬掉了一块肉。

现在,貂的一份比獾的一份大了。但是狐狸不慌不忙,又在貂的一份上咬掉一块。

它这样地把两块肉平均分着,直到一点肉也不剩。

可见聪明人所说的一句话是真的:贪婪和倔强往往吃亏。

麻雀为什么跳着走路

在从前,麻雀不但飞得很快,又能在地上很快地跑。但是有一次,麻雀偶然飞到了国王的宫廷里。这时候宫廷里正在举行宴会。国王和他的朝臣坐在陈设着种种食物的桌子旁边。麻雀飞上窗台,俯下头,热烈地聒噪。

"多么高贵的集会!叽里叽里!看到这样的盛宴多么荣光!"

忽然麻雀看见一只最普通的蜜蜂在国王食桌上爬,并且在糖块上咬。

啊哟,麻雀看见这样无礼的东西多么愤慨!它聒噪得更响了。

"它是强盗!它胆敢比国王先品尝食物。它这样无礼,应该处死!叽里叽里!"

蜜蜂回答麻雀道:

"你自己才是强盗!人还没有从田里收获的时候,你先偷吃谷粒。"

"但你偷吃花里的蜜!"麻雀嚷道,"你是强盗!大家都知道的!"

"我劳动,嗡嗡嗡,我劳动,嗡嗡嗡,"蜜蜂嗡嗡地说,"但你的生活全靠别人的劳动,嗡嗡嗡,别人的劳动,嗡嗡嗡。"

它们这样地争论了很久,但无论如何不能解决。于是蜜蜂说:"让人来裁判我们的争论吧,因为人是世界上最聪明的动物。"

于是它们飞到邻近的村子里,那里有一个贫穷的农人住在一间破旧而歪斜的小屋子里,它们向农人诉说事情的经过。

农人听完了它们的话,说道:

"蜜蜂是对的。须知国王们从来不为自己的食物而操劳,一切都是别人替他们做的。但是农夫在收获之前,有长时间的田间劳作。由此可知一切收获,甚至每一粒谷,都应当属于农人。"

麻雀看见自己失败了,动起怒来、全身紧缩、羽毛倒竖,追逐那恐慌的蜜蜂。

"唉,"农人说,"你真是强盗!你还想啄这毫无防御的蜜蜂。我要使得它在地上也不怕你。"

农人说过这话,便捉住了这凶恶的麻雀,缚住了它的脚。

从这时候起,麻雀走起路来永远是跳的,它在地上无论如何也追不着蜜蜂。

鲤鱼报恩

从前,某地有一位老婆婆和一个年轻人。他们非常贫穷。年轻人每天都搓绳子,拿到街上去叫卖,然后买些米和黄酱回来借以度日。

一天,年轻人像往常一样,拿着绳子上街去卖。到了傍晚,他刚要回家,遇到了一个鲤鱼贩子。这个鱼贩子带来的很多鲤鱼都卖完了,只剩下一条没卖出去,正在为难。他说什么也要把那条鲤鱼卖掉,于是喊道:"降价了,快来买吧!快来买吧!"

不一会儿,来了一个买主,说:"便宜我就买。"

鱼贩子就降到两贯钱把那条带色的鲤鱼卖了。这时正好年轻人来了,他问买主:"你买这条鲤鱼干什么用啊?"

"我打算用它来做汤。"

年轻人看看鲤鱼还活着,觉得很可怜,就说:"喂,你把那条鲤鱼卖给我吧!"

买主问他:"你买它干什么用?"

"我没什么用,还是卖给我吧!"

"你出多少钱?"

"你用多少钱买的?"

"两贯。"

"那我给你三贯吧!"

"那我卖了!"

年轻人下决心买下了那条鲤鱼。他卖绳子的钱正好三贯,现在一文钱也没有了。可是他认为能救鲤鱼就行了。年轻人把鲤鱼放进路旁的池塘里,对它说:"去吧!别再被抓住了!"

鲤鱼高兴地钻进水里。年轻人也回家了。

老婆婆看天都黑了,孩子还没回来,非常担心,念叨着:"怎么啦?平常天还没黑就回来了。"

这时,孩子无精打采地进来了。老婆婆问他:"孩子,孩子,你干什么去了,这么晚才回来?"

孩子把刚才买鲤鱼的事说了,然后又歉疚地说道:"娘,就是为了这个,米没买就回来了。今天晚上请您喝点儿白开水,忍耐点儿吧!"

老婆婆说:"是嘛!那也没办法呀!"

他们决定晚上不吃饭了,只喝一点儿白开水就去睡觉。

老婆婆去烧水,正烧着,外面有人使劲儿地敲门。这是谁呀?老婆婆开门一看,门外站着一位可爱的姑娘。老婆婆问她:"有什么事儿吗?"

可爱的姑娘恳求地说:"我要去别的地方,可是天黑下来走不了了。今天晚上能不能让我在这里借住一宿?"

老婆婆说:"啊,是这样。借宿当然可以。可是我们很穷,什么吃的也没有。刚才我们俩还想今天晚上喝白开水充饥呢!要是你不在意的话,可以让你住下。"

姑娘说:"就是这样也没关系,留下我吧!"

老婆婆去问了问孩子,孩子说:"要是她甘心情愿的话,那就让她留住一宿吧。"

于是,老婆婆就把她留下了。

第二天早晨,他们还以为姑娘要走了。可是,姑娘好像哪儿也不打算去,反而恳求说:"我没地方去了,能不能让我留在这里,当个女仆什么的?"

老婆婆一听,忙说:"什么?别说傻话了。我昨天晚上不是说了吗,我们穷得连饭都吃不上,你来了也是受苦。我们只是母子两个人,多你一个也没什么。可你长得那么可爱,还是到什么好地方去才是啊!"

但姑娘还是再三恳求,说:"无论怎么都行,请让我留在这儿吧!"

老婆婆说:"啊!要是你不怕受苦的话,那就留下吧!"

她就这样留下了。

姑娘干活非常卖劲儿,清晨早早就起床,晚上一直干到很晚。因此在村里出了名。不久,姑娘对老婆婆说:"能不能让我在这儿给你当儿媳妇?"

老婆婆看她是个非常贤惠的孩子,就说:"真的,你当我儿媳妇该有多好啊!我再问问我儿子的意思吧!"

老婆婆一问,儿子也满口答应,于是他们就结为了夫妻。

因为儿媳妇容貌特别美丽,并且勤劳得出了名,所以被国王知道了。

一天,村长来了,对他们说:"喂,喂!我是国王派来的。这里好像有个好姑娘,让她到国王那儿去当仆人。"

儿子和老婆婆一听都吓坏了。这可怎么办啊?要是不听国王的,真担心不知要倒什么霉呢!他们忙去找儿媳妇商量怎么办才好。儿媳妇说:

"我怎么能到那种地方去当女仆呢?"

儿子没办法,只好到国王那儿去求情。国王命令说:"不当女仆?好吧,你要是能拿来我所说的东西,那我就饶了你。听着,首先你给我拿一条用灰搓成的绳子来。"

儿子心里直嘀咕:"我每天都搓绳子,可没用灰搓过绳子啊!用灰没法儿搓绳子,怎么办才好呢?"

他脸色苍白,愁眉不展地走了回来。媳妇问他:"怎么样?"

儿子说:"国王说得拿去用灰搓的绳子才宽恕我。可我不会用灰搓绳子。我一路上一直在想,可怎么也想不出办法。哎!怎么办才好呢?"

媳妇说:"这事儿很简单,你搓一根比往常稍粗些的绳子,我用它来做。"

儿子马上准备好了绳子。媳妇把它放在一块薄薄的石板上用火烧,一直烧成了灰。然后说:"你端着这块石板去吧!"

儿子一看石板上的绳子确实像是用灰搓成的,就轻轻地把它拿到国王那儿去。可过了一会儿,他又垂头丧气地回来了。

原来,国王对他说:"要是你拿不来不敲自响的鼓,我绝饶不了你!"

媳妇又在考虑应付的办法。第二天早晨,媳妇取下筛子上的网,两边贴上纸,角上钻了一个小洞,在里面放了很多马蜂。然后把筛子一摇,里面群蜂乱飞,撞在纸上,鼓就"咚咚"地响起来。儿子高兴极了,马上拿着它到国王那儿去了。可这回还是没得到宽恕。

这回,国王又说:"把葫芦里面贴上纸,涂上漆,撒上金粉拿来!"

儿子又忧心忡忡地走了回来。媳妇考虑了一会儿,说:"有好主意了。"

她让丈夫去砍漆树,自己在家里把纸和糨糊放进锅里"咕嘟咕嘟"地煮,然后把煮烂的纸放进葫芦里。纸沾在葫芦的内壁上以后,再在火上烤热。这时,丈夫拿着漆回来了。她把漆灌进葫芦里,来来回回地晃荡。等漆沾上后,她又把金粉吹了进去,让它沾在内壁上。最后,媳妇说:"喂,已经好了。"说着把葫芦递给了丈夫。

第二天清晨,儿子忙把葫芦拿到国王那儿。国王还以为在葫芦里贴纸、涂漆是怎么也办不到的呢。他把葫芦拿在手里看了看,因为没有破的地方,连接缝的地方也没有,就说这是撒谎。国王把葫芦砸碎了再一看,的确里面贴了纸,涂了漆,喷了金粉。他非常吃惊,问儿子说:"哎哎,不可思议的家伙!这到底是怎么做的?"

儿子诚实地说:"这不是我做的,全是我妻子做的。"

国王听了说:"多么贤惠的妻子!不管我出多难的题,也难不倒她。好,宽恕你啦!你要好好照顾你的妻子。她解开了三个谜,我要奖赏她!"

国王给了年轻人很多钱,让他回去了。

后来,儿子、老婆婆和儿媳妇终生都过着富裕的日子。

狐狸上当

很早以前,村边的山上住着一只狐狸。村边的河滩上,住着一只水獭。

一个很冷的晚上,狐狸下山寻找食物,来到河滩上,闻到从水獭的小屋里飘出来一股刺鼻的烧鱼的香味。

狐狸推开门,看到水獭正在通红的炭火上烤着一条大鱼。正烤得"嗤嗤"的响。

狐狸流着口水说:"水獭阁下,请分给我吃点儿吧。"

水獭看到在这么冷的晚上来做客的狐狸,就把刚烤好的鱼给它吃了。

狐狸非常高兴,当下和水獭约定,明天晚上它要准备山鸡、野鸭,放入油盐调料烤制,用上等的山珍美味招待水獭。

第二天晚上,水獭按约上山,来到狐狸的小屋前。可屋里一点儿动静也没有。

水獭推开门,屋里连火都没有生。只见狐狸盘腿而坐,两眼向上,望着天井。

水獭大声说:"狐狸阁下,我来了!山珍美味在哪儿?"

狐狸装做没听见,两眼还是望着天井,不管水獭怎么叫它,连理都不理。

"骗人的家伙!"水獭气得直咬牙,只好回去了。

第二天晚上,水獭正在通红的炭火上烤着鱼,狐狸又来了。

"水獭阁下,水獭阁下。"狐狸推开门。

水獭看着狐狸的脸说:"昨晚我那样地叫你,你连理也不理。这次我不给你吃了。"

狐狸说:"昨晚实在对不住。因那时我正在和天神说话。明晚我一定好好招待你。"说着,拿起一条烤好的鱼又吃了。

第二天晚上。水獭心想这次可以尝到狐狸精心烤制的山鸡、野鸭、山珍美味啦。又上山来到狐狸的小屋前。

可屋里还是没有一点儿香味。

水獭推开门,屋里还是连火都没生。狐狸盘腿坐着,不过这次是两眼向下,看着地。

"狐狸阁下,狐狸阁下。"水獭连喊数声,狐狸还是一声不吭,两眼只顾望着地。

"狐狸,你又骗我了!"水獭怒气冲冲地又回去了。

第二天晚上,狐狸又恬不知耻地来到水獭的小屋里。

"水獭阁下,不要生气。昨晚实在对不住。因为那时我正和地神说话。"说着,拿起一条烤好的鱼,又要吃。

水獭一把抓住它的手,说:"慢!你老骗我,这次绝不给你吃了。"

狐狸一见不成,便又花言巧语地对水獭说:"水獭阁下,请息怒,息怒。怪你去的不巧,昨晚和地神说话,前晚和天神说话,必须心诚不乱才好。所以……"

两次受骗的水獭再也不听它那一套,就自己拿起烤好的鱼吃了起来。

狐狸眼巴巴地看着它,忍不住流起口水,向前凑凑说:"请问水獭阁下,怎样才能捉住鱼呢?"

水獭抹了抹嘴,慢吞吞地说:"要在星光闪亮,河里结冰的晚上,在冰上打一个洞,把尾巴伸进去,不住地在水中摇来摇去。鱼以为是吃的,就会死死咬住。但要耐心等到天亮,一抽尾巴,就可把鱼带出水面。"

狐狸一听,连声道谢。高高兴兴地回去了。

第二天晚上,繁星点点,刺骨寒冷,河里结了冰。

狐狸心想这真是天公的美意,就来到河边,在冰上砸开一个洞,把粗粗的尾巴伸进去,坐在冰上,把尾巴在水里摇来摇去。

等到半夜,星光更亮,河里的冰结得更厚了。狐狸还洋洋自得地在水里摇着尾巴,心想鱼儿快要上钩了。

东方渐渐发白,天更冷了。狐狸全身都要冻僵了,但它仍忍耐着。太阳慢慢地升起来了,狐狸心想这下该行了。便起身想拔尾巴,可拔也拔不出。狐狸以为,肯定是条大鱼死死地咬住了尾巴。便又用力拔,可和冰紧紧冻在一起的尾巴怎么也拔不出。

狐狸急了,一边暗暗祷告,一边又用力挣脱,可还是拔不出。狐狸更加着急。

这时,听到不远处传来孩子们的声音。

"糟了!糟了!"狐狸吓得哭了起来。又拼命挣扎。这当儿,孩子们已围了过来。

"啊!狐狸!狐狸!快打!快打!"孩子们手持木棍,一个劲儿地打起来。

狐狸痛得直叫,猛地向上一蹿,尾巴断了。它顾不得疼,拖着半截尾巴,流着血仓皇地逃回山里去了。

此时,那只水獭正趴在自己的小屋门前,得意地看着狐狸的凄惨样儿呢!

猴子和野鸡

猴子和野鸡合伙种田。到了该筑田埂的时候了,野鸡对猴子说:"猴大哥,猴大哥,大家都在筑田埂呢,咱们俩也该去筑了。"

猴子听了后,说:"可是,鸡老弟,我的脚痛,这时候我可筑不了田埂啊。"

生性老实的野鸡说:"好吧,好吧,那你好好保养保养,我自个儿来!"它就独自筑了田埂。

过了一些天,该平整土地了。野鸡对猴子说:"猴大哥,猴大哥,别的地方已经开始耙田了,咱们的田该怎么办?"

猴子说:"哎!我今天头疼得厉害。"

生性老实的野鸡又说:"你要是头痛的话,好好休息,耙田我自己干!"说完它独自耙了田。不久,该插秧了。野鸡对猴子说:"猴大哥,猴大哥,该插秧了怎么办?"

猴子说:"真糟糕,这两三天,我的肚子痛得很厉害,真的不能插秧。"

"那么,猴大哥,你休息好了,我来插秧。"这一回又是野鸡独自插了秧。

经过浇水、薅草,过了立秋,又是金黄色的季节了。稻穗累累结满枝头,沉甸甸的,快到开镰收割的季节了。"猴大哥,猴大哥,别的地方已经开始割稻子了,咱们的稻子该怎么办?"

"真没有办法,我得了腰疼病,还有手脚痛,头也痛,怎么能割稻呢?"

"噢,好的!好的!"野鸡说罢,又独自很利索地割稻、晒干、脱粒、磨米什么的,全都干完了。

正在这时候,奇怪的是猴子来到野鸡家里对它说:"鸡老弟,鸡老弟,过去完全让你一个人干活,得到你许多照顾,今天该我来做年糕给你吃了!"

"那太好了!"于是它们开始做年糕,洗米,搬石臼,噼里啪啦、噼里啪啦地舂起米来。

把米捣完后,猴子说:"小鸡,小鸡,你给我拿出一大张纸来。"

野鸡说:"好的,好的。"正当它去厨房这么一阵工夫,猴子把石臼里的年糕用捣杵一挑,扑哧扑哧地逃进深山里去了。野鸡看见这情况大声嚷着:"没脸的猴子,没脸的猴子!"从后面追赶。

可是,猴子因为逃跑得太慌张,把年糕掉进草丛中了。而猴子一点没有发觉。跑了很远一段路后,猴子自言自语道:"现在野鸡大概哭丧着脸呢!"

它一边说,一边把捣杵卸下,想吃年糕,可是一看,连一点儿年糕渣也没有了。猴子想:完了!它立刻沿着原路跑回去,从那边草丛中到这边树枝上,还有路上各个地方,拼命地寻找着。它慢慢顺着原路走回去的时候,忽然看见野鸡在草丛中,用嘴呼呼地吹着沾满尘土的年糕,把年糕弄干净,然后从年糕的一头,开始啃起来。这时猴子很焦急地走到野鸡身边说:"鸡老弟,鸡老弟,草丛中的年糕是什么味道?"

"草丛中的年糕,去掉尘土吃起来还是好吃得很!"

"那么,能不能给我一点儿吃?"

"猴老弟,你去吃你那挑在杵上的年糕吧,草地上的年糕我来吃!"

"别那样说,少一点儿也没关系,给吧!"

"一点儿也不给!"

"好,明白啦。那么今天晚上我去找你算账,记住!"

猴子气冲冲地跑回山上去了。野鸡惹猴子生气后,也有点担心它会来报复,一回到家就呜呜大哭起来。这时,咕噜咕噜地滚来一个鸡蛋,对野鸡说:"鸡大哥,鸡大哥,你为什么哭?""猴子今天晚上要来找我算账,我一害怕就哭开了。"

"这么一点儿事,不值得哭。我来帮你,你别哭了!"

但野鸡还是呜呜地哭个没完。不一会儿,顶门棍噗哒噗哒地走来了,对野鸡说:"鸡大哥,鸡大哥,你为什么哭?"

"猴子今晚要来夜袭,我感到害怕才哭!"

"我来帮你,别哭啦!"

野鸡还是呜呜地照样哭。

这时,土蚣来了、苦虫来了、草垫针来了、石臼来了,最后连牛粪也来了。

"鸡大哥,鸡大哥,不要哭了,我们大家来帮你。"它们这么一说,野鸡才安下心来,不再哭了。

黄昏时分,顶门棍顶住大门、鸡蛋藏在地炉里、草垫针埋伏在炉旁、土蚣爬在水缸里、苦虫躲在酱桶里、牛粪蹲在大门的台阶上、石臼待在房梁上,各就各位,严阵以待,等候猴子的到来。

不一会儿,天黑了。

猴子从老远就大声吆喝着来了:"野鸡,野鸡,我老猴找你算账来了。"

猴子走近门口一看,野鸡家里静悄悄的。猴子拉开嗓门大声叫喊:"野鸡,野鸡,开门,我老猴夜袭来了。"可是家里仍然没有一点儿动静。

"叫你开,你为什么不开!你再不开门,我就随便打开冲进去了。"

猴子说着,哐啷一声打开大门,顶门棍咚的一声当头一棍,打在它的额头上。

"哎哟,谁用棍子打我的脑袋!"猴子边怒吼边走。

"啊,好冷,好冷!"猴子说着走近地炉旁,呼呼地把火吹旺。想不到啪的一声,藏在炉子里的鸡蛋爆炸了。"啊哟,啊哟!"猴子掩住脸,往后一仰,一屁股坐在席子上。埋伏在席子上的长针,嘎的一声扎在它的屁股上。猴子连声呼叫:"烫呀,烫呀!好痛、好痛!对,酱是治烫伤的妙药。"它说着赶快跑到酱桶那儿,想在烫伤的地方抹点酱。可是因为猴子嘴太馋,不知怎么一来,就蘸了一指头酱送到嘴里去了。这时,一口把苦虫咯嘣一声咬碎了。

"哟,好苦!好苦!"苦得它满嘴发涩。于是它赶紧跑到水缸边揭开缸盖,把脑袋伸进去喝水。这时,土蚣从缸底浮上来,把猴子好端端的一根舌头呲的一声给夹断了。

猴子害怕极了:"啊呀,这哪里是我来对野鸡搞夜袭,倒是我遭到了暗算。"它想逃跑,跑到大门的台阶上,踩着了蹲在那儿的牛粪,摔了一个筋斗。这时待在房梁上的石臼,大声喊着:"现在正是除掉贪心的猴子的时候了。"从房梁上掉下来,压在猴子身上。猴子连声告饶:"请原谅!请原谅!我再也不敢贪心、欺负别人了!"

蜈蚣请医生

从前,在百虫聚会时,一条虫子肚子疼,大家商量着给它尽快请医生。可是,派谁去请好呢?这时,一条上了年纪的虫子说:"我看,蜈蚣的腿最多,跑得最快,让它去吧!"大家都表示赞同。

于是,蜈蚣便接受了去请医生的任务。然而,大伙等来等去,医生还是没有来。两三条虫子到蜈蚣那儿一看,蜈蚣正在拼命地穿草鞋呢。虫子们问:"医生还没请来吗?"蜈蚣回答说:"我草鞋还没穿完哩,哪会请来什么医生啊!"

大家万万没想到,仅仅根据蜈蚣的腿多,就断定它能很快地请来医生,是错误的。

鹪鹩和老鹰

很早很早以前,深山里住着鹪鹩和老鹰。

老鹰为自己有一张锐利的嘴、一对尖尖的爪子和一双健壮的翅膀而得意洋洋。

"鸟的种类虽然很多,可是像我这样的良种鸟,恐怕是独一无二的吧!"

说来倒也是那么回事。老鹰的确漂亮,其他的鸟儿一到它的跟前,便自惭形秽地缩成一团。这下老鹰更神气了。

"哈哈!我是鸟中之王!"老鹰趾高气扬地说。

鹪鹩与老鹰相比,显然十分渺小。它的个子比麻雀还小,经常悄悄地在暗角落里飞来飞去,过着平凡的生活。

可是,鹪鹩感到老鹰实在太骄傲了。有一天,它对着老鹰叫喊道:"鹰哥!鹰哥!"

"什么东西,谁在叫我鹰哥?"

老鹰回过头去,发现了蹲在角落里的鹩鹩。

"原来是你在叫我啊,像苍蝇似的小东西,好难找啊!哈哈哈哈……"

"鹰哥,不要见笑,我身材虽小,可是我的智力与我的身体毫无关系。"

"什么,鹩鹩,按你这么说,你还是很聪明的呀!"

老鹰摆出一副将信将疑的神情。

"也许是这样吧!你要不信,咱俩就来比赛一下,斗斗智,你看怎么样?"

"什么,斗智?你这小小的鹩鹩和我这巨大的老鹰斗智!好,来吧!"

老鹰两眼炯炯,满不在乎地说。

可是小小的鹩鹩却镇定自若。

"那么,我先问你,鹰哥,太阳是从东边出来的呢?还是从西边出来的?"

"这还用说吗,当然是从东边出来的。"

"我认为是从西边出来的。要不,咱们就等太阳出来吧!"于是,老鹰就面向东边的山沟;鹩鹩面向西边的山沟。等啊,等啊,一会儿太阳从东方升起了,可是,因为是在深山里,阳光却先反射到山的西边。刹那间,万丈金光照亮了山沟。

"你瞧,太阳从西边出来了。"

鹩鹩高兴地说。它胜利了,骄傲的老鹰后悔极了。

"来,咱们到山里去捉野猪吧。"老鹰向鹩鹩提出了难题。当然啰,具有锐利爪子和尖嘴巴的老鹰是不难抓住野猪的。可是,这对小小的鹩鹩来说,却是一个天大的难题。令人奇怪的是,鹩鹩却没有拒绝,它点点头,朝着山脚下的原野飞了过去。

这时,在原野的丛林深处,一头野猪正躺着。鹩鹩就乘机钻进了野猪的耳朵里,而且,还悄悄地在里边转来转去。

"啊,痒死了。"

只见野猪惊慌失措地跳了起来,接着便拼命地在地上转着圈子。

"行行好吧,该停下啦……"

野猪一面摇着头,一面不停地转着转着,后来它支持不住,终于向着树丛倒了下去。说来也巧,野猪仰天摔跤的时候,头撞在了石头上。这一下可坏了。

"哎呀!"转昏了头的野猪发出一声惨叫,糊里糊涂地死去了。

这时,鹪鹩从野猪的耳朵里飞了出来,高兴地向老鹰招呼着说:

"鹰哥,鹰哥,我抓住了一头野猪。"

老鹰见小小的鹪鹩竟然抓住一头庞大的野猪,真是惊讶极了。为了显示自己的能耐,老鹰高声叫道:

"来,看我一下子抓住两头野猪吧!"

说着,它展开翅膀,飞向高空。忽然,老鹰发现山那边有两头野猪正躺着。它高兴极了,猛地一下扑了过去,用左右两只爪子各抓住一头野猪。这突如其来的袭击使两头野猪惊醒过来,它们拼命挣扎着,各自向东西两个不同的方向逃走。一刹那工夫,老鹰的身子就被两头野猪撕裂了。

朋　友

很久很久以前,青蛙和田螺同许许多多伙伴住在一起。它们特别要好,从来没有吵过架。

春天来了,风和日丽,温暖的阳光使田里的水渐渐地变暖了。

"啊,好舒服啊!"

青蛙和田螺愉快地在田里玩耍着。突然,一条蛇从田野的深处爬了过来。

"啊呀,蛇……"

"救命啊!"

青蛙们一面呼救,一面慌张地逃跑。蛇追赶着逃跑的青蛙,吐出舌头想把它们一口吞下去。

"田螺,快救救我们吧! 蛇要吞吃我们啦!"

它们叫喊着,盼望田螺能来搭救。

这时,田螺们也都纷纷嚷了起来:

"青蛙要被蛇吞啦!"

"救朋友啊!"

它们呼喊着,从四面八方汇聚拢来,把蛇给团团围住了。这时,蛇大吃一惊:

"喂,你们为什么这样围着我,我才不要你们这样的硬壳东西。快躲开,躲开!"

蛇吐着舌头、瞪起眼睛,想把田螺赶走。可是,田螺一个接着一个相继爬了过来,就是不肯退让。不一会儿,蛇的头啦、肚子啦,甚至身体的各个部位都被田螺叮满了。

"啊,你们要干什么?"

蛇气急败坏地想甩掉田螺,可是,不管它怎样不停地摇头晃脑,紧叮着的田螺却没有一个放松的。它们不仅没有跌落,而且叮得更紧了。

"喔唷!畜生!畜生!啊呀,苦啊!苦啊……"

蛇痛苦极了,为了甩掉田螺,它啪嗒、啪嗒地把头直往地上撞。后来,它一不小心撞到了石头上,就此一命呜呼了!

"谢谢,田螺,全靠你们,我们得救了!"

青蛙们高兴地向田螺行礼致谢。从那以后,青蛙和田螺就更加亲密地生活在一起,一直到今天还是这样。

两只青蛙

从前,有一只青蛙住在山前面,另有一只青蛙住在山后面。

"呱!说不定山后面是更好的地方呢!"住在山前面的青蛙想。

"呱!说不定山前面是更好的地方呢!"住在山后面的青蛙想。

"真想到山后面去玩一趟。对了,我得马上上路。"

说着,山前边的青蛙向山后面开始了它的旅行。

"真想到山前面去玩一趟。对了,我得马上上路。"

说着,山后边的青蛙向山前面开始了它的旅行。

在山前面和山后面之间有一座山峰。山前面的青蛙和山后面的青蛙就分别从北边和南边攀登这座山峰。要是不能穿越这座山峰的话,就无法到山前面和山后面去。

"呱,观赏山后面多么快活啊!"

山前面的青蛙一边攀登一边一个劲儿地说着。

"呱,观赏山前面多么快活啊!"

山后面的青蛙也一边攀登一边一个劲儿地说着。

它们正从两个不同的方向紧张地攀登着。可是,没想到两只青蛙竟在山顶上碰头了。

"你好,你好!"

"呀,你好,你好!"

两只青蛙相互寒暄了一番。

"你这是上哪儿去啊?"

"我是山前面的,我想到山后面走一趟。你到哪儿去啊?"

"呱,不瞒你说,我是山后面的,我想到山前面走一趟。"

"呱,是吗?辛苦,辛苦!"

"呱,彼此,彼此!"

两只青蛙这么说着。

"呱,就让我在山上眺望一下山后面吧!"山前面的青蛙说。

"呱,也让我在山上眺望一下山前面吧!"山后面的青蛙说。

于是,两只青蛙踮起脚尖,仔细地眺望着远处。

"怎么,原来山前面和山后面差不多一样啊,呱,早知道这样,又何必特地赶来逛呢。"

山后面的青蛙刚说完,山前面的青蛙也叫了起来:

"呱,怎么搞的,原来山后面和山前面差不多一样啊!呱,早知如此,又何必特地赶来逛呢。"

因为它俩都踮起了脚尖,所以长在它们脑袋瓜上的眼睛,就都各自望着自己原来居住的地方。

这时,两只青蛙异口同声地说:"既然如此,我们就回去吧!"

于是,两只青蛙便各自朝着自己住的地方走去……

狐狸与老虎

一天,一只狐狸在树林里寻找食物,不小心掉进一个坑里。它害怕从此再也出不去了,说不定要死在坑里。后来,狐狸听到上面有脚步声,像是有人在附近走动。狐狸立即想了一条诡计,便大声地喊道:"是谁在上面?"

"是我——老虎。"

"你上哪儿去?我的朋友!"狐狸急切地问道。

"我正在找东西吃哩。"老虎回答说,"你在下面干什么呀?"

狐狸装着吃惊的模样说:"怎么?你还没听说那不幸的消息吗?许多人讲,明天天空将要塌下来。"

"多可怕呀!"老虎惊恐万状地回答道,"我还没听说过呢。你认为天真地会塌下来吗?"

"那还用说,"狐狸答道,"我藏在坑里就是为了这个。当天空塌下来的时候,我藏在这里,就不至于被压死。你是我多年的老朋友啦,我不忍心看到你被压死,所以才告诉你这件事。"

"谢谢你,你真够交情。"老虎感激地说,"能不能让我也到坑里来,和你待在一块儿?"

"噢,随你的便,我反正都无所谓,"狐狸说,"如果你想下来,请便吧。"

这样,老虎便跳进了坑里。它们交谈了一会儿,狐狸便开始给老虎搔痒。老虎非常怕痒,可狐狸却没完没了,不停地给老虎搔痒。老虎忍无可忍地吼了一声:"别再闹了,不然我就要把你扔到坑外面去,让天塌下来压死你。"

可是狐狸根本不理睬,反而越演越烈。最后,老虎真的发火了。它说:"如果天塌下来压死你,我才不管呢。"说完,它就把狐狸抛出坑外。

狐狸正求之不得,高兴得不得了。它的阴谋得逞了。到了坑外,狐狸拔腿就跑,把愚蠢的老虎留在坑里了。

两兄弟与杨桃树

以前,有一家有两兄弟。双亲死后,哥哥独占了全部家产,只分给弟弟一棵杨桃树。弟弟毫无怨言,并没有和哥哥争吵。

一天,一群美丽的小鸟飞过这里。它们在杨桃树上歇息。不一会儿工夫,它们把树上所有的果子全吃光了。弟弟发现后,一屁股坐到地上,伤心地哭泣起来。他痛苦地向小鸟诉说:

"这棵树是我唯一的财产了。你们把我全部的果实都吃掉了,我还吃什么呢?"

领头的小鸟怜悯地说:"我们住在很远的地方,我们只想在这里休息一会儿,不会长久住下去的。请别担忧,我们愿意为吃掉你的全部果实付出一定的报酬。"

说完,那只小鸟张开它的小嘴,像是往地上吐什么似的。眨眼间,又一棵杨桃树平地而起。树上开满银光灿灿的银花、结着许多金光闪闪的金果。这是小鸟送给弟弟的礼物。

自从弟弟得到这棵树后,突然间变成了比哥哥还要有钱的富翁。哥哥很想知道弟弟发家致富的奥秘,诚实的弟弟毫无隐瞒地向哥哥和盘托出。于是哥哥对他说:

"把你原来的那棵杨桃树给我,我用全部的土地和果园跟你交换。"

"可以嘛。"弟弟说。

哥哥心里打着如意算盘:"不久,鸟儿又会回来吃掉这棵树上的果子。它们也一定会付给我银花和金果的报酬,到那时我就要发大财了。"

就这样,哥哥日复一日地在杨桃树下等待着,可是美丽的小鸟却连影子都没见;倒是乌鸦每天都来光顾,口里不停地叫着:

"可耻! 可耻!"

道士和老虎

从前,有一只老虎在蛇洞口睡着了,蛇爬出来咬死了老虎。那天,有一个道士从那儿路过,看见被咬死的老虎,非常怜悯它,就设法把它救活了。

老虎醒过来以后,便对道士说:"你这个该死的家伙!我在我自己的森林里睡得正香呢,你过来把我吵醒了。今天,我一定要把你吃掉!"

"你睡在蛇洞口,被蛇咬死了。"道士惊异地说,"我把你救活了,你应当感激我才是,可是你反而想吃掉我。"

道士和老虎争执不下,于是一起去找狼评理。找到狼以后,他们各自把事情经过说了一遍。狼想,我生活在这个森林里,完全依靠老虎的势力,如果我说老虎无理,今后我就不能再待在这个森林里了。想到这些,狼说:"老虎应该吃掉道士。"这是因私利而偏袒。道士不甘心,和狼争论起来。

道士又带着老虎去找牛评理。道士和老虎各自将事情经过叙述了一遍。牛想:假如我说老虎无理,老虎一定会记我的仇,把我咬死。于是牛说:"老虎应该吃掉道士。"这是因惧怕而偏袒。

道士又带着老虎去找猴子评理。猴子想:原先有个人,不小心掉进井里,我爸爸帮助他爬到井上。这时,过来一只老虎,要吃掉这个人,我爸爸又帮助那个人爬到树上,才摆脱了危险。可是那个人反而杀害了我爸爸。猴子想到这里,便说:"老虎应该吃掉道士。"这是因仇恨而偏袒。

道士还是不甘心,又带着老虎去找秃鹫评理。秃鹫想:我每天就是靠老虎的残羹剩饭维持生活,我如果说老虎无理,老虎肯定会生我的气,以后我就无法吃它的剩饭了。于是秃鹫说:"老虎应该吃掉道士。"这是因贪婪而偏袒。

道士又带着老虎去找神仙评理。神仙想:人总在树荫下乘凉,可是人又不断地砍伐树枝,撕毁树皮,甚至砍倒树干。于是,神仙说:"老虎应该吃掉道士。"这是因嫌弃而偏袒。

道士又带着老虎找到兔子。他对兔子说:"这只老虎睡在蛇洞口,蛇爬出来咬死了它,我设法去掉了留在老虎身上的蛇的毒液,救活了它。可是,现在它却恩将仇报,要吃掉我。兔子兄弟,你快帮我评评理吧。"这时,老虎赶快接着说:"我在树林里睡得正香,这个该死的家伙过来吵醒了我。所以我才要吃掉他。他不死心,去找狼评理,狼也说他应该让我吃掉;他又去找牛,牛也这样说;后来,他又找了猴子、秃鹫和神仙。现在又找到您。您帮我们评评理吧。"

兔子听完道士和老虎的讲述,已经做出了判断,并且明白了其中的奥妙。兔子说:"现在请你们回到原来的地方,老虎兄弟还睡在蛇洞口上,道士走过老虎身边。这样,我就明白了当时的情况,以便作出判断。"

走到原来的地方以后,老虎便睡在蛇洞口。没有多久,蛇又爬出来,咬死了老虎。老虎死后,兔子对道士说:"你看!这只老虎,横行霸道,现在终于受到惩罚。记住,今后再不要怜悯这种忘恩负义的家伙了。"

兔子判案

从前某地有一个新郎,他非常喜爱自己的新娘子,据说简直没有离开的时候。

可是没多久,国王要打仗了,向全国征兵。作为国王的臣民,新郎不得不随国王出征,想到撇下可爱的新娘子,想到自己不知何年何月才能回家,他难过得心都要碎了。年轻的新娘子也悲痛欲绝,她和丈夫难分难舍,于是送了一程又一程,两个人怎么也舍不得分手。他俩就这样走到了一块大岩石旁边,两个人仍旧不忍离别,便站在那里互道惜别之情,简直没完没了。后来,新郎终于像是下了决心似的擦擦眼泪追上队伍走了,新娘子也只好闷闷不乐地回了家。

然而那块大岩石却是妖精的住所,所以他俩哭别的情景被妖精看得一清二楚,它便悄悄地尾随着新娘子来到她的家门前。妖精看到新娘子长得非常漂亮,这个鬼东西不由得动起邪念来,它想,我一定得想办法把新娘子抢过来做自己的妻子。

于是妖精马上摇身一变,变得和新郎的样子有过之而无不及,然后推开门闯进屋去。果然不出所料,新娘子一见妖精,真以为是丈夫回来了,心里可吃惊不小,便询问是怎么回事。妖精好像真有其事似的撒谎说:"国王开恩,不要我去打仗了。"

事情暂且就这样被它蒙混过去,新娘子和妖精便面对面坐下吃饭。其时,新娘子以为妖精真是自己的丈夫,一丝一毫也不怀疑。

且说新郎上了战场后,勇敢善战,立下了一个又一个大功,国王授予他许多奖赏。没多久,战事结束,国王班师回朝。此时新郎归心似箭,日夜兼程奔往家中看望妻子。

新郎一到家,在大门外便高声呼叫新娘子的名字。新娘子不由一怔,"啊?他什么时候走出去的呀?"她嘟哝着,同时随意地回头朝屋里看过去,这一下可叫新娘子丢了魂似的惊叫起来:"啊!这不也是我丈夫吗?"

原来妖精依旧化身成新郎坐在屋里呢。妖精若无其事地对新郎说:

"哪里来的野种?竟将我的女人唤作妻子?真是岂有此理!"

新郎也发起怒来,回骂道:

"这是我的妻子!你是哪里来的野种?竟像屋子的主人似的坐在这里,实在岂有此理!"

真假新郎争吵个不停,他们长得一模一样,连新娘子也分辨不出谁是真的谁是假的,于是决定呈报官老爷来裁断。可是官老爷也束手无策,他只好问新娘子:"究竟哪一个是你丈夫呀?"可这等于是白问。

新郎实在忍受不了,决心去找个熟人来作证,舍此而外别无他法。他又气愤又悲伤,拼命往大路上飞跑,并顺着大路去找人作证。这时新郎偶然遇上了兔子,兔子听新郎把事情一五一十讲完后就笑了笑对新郎说:

"不用担忧,我来替你做主。"

兔子陪同新郎一起来到衙门,它对官老爷说:

"我来替你裁决吧。请准备一只细颈瓶子。看哪一个能顺利地进入瓶子,哪一个就是真的新郎。"

妖精一听这话心里可乐坏了,它想,这种本事除我之外没人能够办到的。所以急不可耐地等官老爷将瓶子拿来,一刹那间就把身子缩成小手指般大小,毫不费劲地一头钻进瓶中。在一旁伺机而动的兔子立刻将瓶口紧紧塞住并把瓶子抛进河里去了。

"瓶里的家伙准是妖精,人是不可能有这种本事的,真正的新郎应该是眼前这一个。"兔子对官老爷斩钉截铁地说。它连致谢的话也不听一句便蹦跳着跑进森林中去了。

豺鱼斗智

从前,有一只豺想吃鱼。它四处寻找干涸的水池,因为那样容易捕到鱼。

有一次,它找到一个快要干涸的水池,里面只剩下很少的水,大多是泥浆,但还有许多鱼在里面。

"我今天饿极了,实在太饿啦。"豺望着池中鱼,垂涎欲滴。

池里有一只聪明的小虾,它猜透豺此时此刻想些什么。它彬彬有礼地说:"豺老兄,你可以把我们统统吃光。但是你看,我们满身都是泥浆,如果你就这样把我们吃掉,那味道肯定不好。"

"那怎样才能味道鲜美呢?"豺关心地问。

"拿到水里去洗呗。"小虾说。

"可是池里有几千条鱼,我怎么个洗法呢?"

"别着急。"小虾不紧不慢地说道,"有办法,只要你趴下,躺在泥浆里,让我们都咬住你身上的毛,然后你爬起来,把我们带到水多的池子里就行了。"

豺又馋又笨,不知小虾足智多谋。它信以为真,就照小虾说的办法做了。它趴在泥浆里,让一些鱼咬住它的皮毛,然后站起身子,去找另外一个有水的池子。它找到新的水池后,径直往水里走去。鱼儿得水,活蹦乱跳地向远处游去。

"往回走,"小虾对豺喊道,"再去载一些鱼儿来。"这次豺回去后,带来更多的鱼。这样,它一次又一次往返于新旧水池之间。最后,豺终于把所有的鱼儿都搬到新的水池中去了。可是当豺回转身去,想捕鱼吃时,鱼儿早已无影无踪了。豺发现自己受骗了,气不打一处来,心想:此仇不报,誓不罢休。

它连忙去找猛兽、蟒蛇和鸟雀求援。先找来大象、老虎、水牛和野猪,又找来蟒蛇和眼镜蛇,最后还找来秃鹫和乌鸦。它对大象说:"请帮我吸干这个池子里的水。"

它对蟒蛇说:"大象把水吸出来后,你就把水喝下去。"

这话被池中的鱼虾听到了,它们异常紧张,互相议论着:"我们用什么办法对付这些野兽呢?"

一只鲇鱼说道:"人们都说野兔很聪明。它知道怎样捉弄野兽。我去找它想办法好吗?"

其他的鱼都同意了。鲇鱼离开池子上岸找野兔去了。它一整天在地上笨重而缓慢地爬行——啪嗒,啪嗒。傍晚的时候,野兔出来找食物。它看见鲇鱼就问道:"你上哪儿去?"

鲇鱼遇到了野兔,喜出望外,连忙说:"哟,兔兄弟,可怜可怜我吧。池中的鱼都委托我来找你。请帮帮忙吧!所有的野兽来到我们池塘,它们正在往外抽水,然后让蟒蛇把水喝光,这样豺就会把我们统统吃掉!聪明的野兔快来帮帮忙呀。"

"好。"野兔说道,"回去对其他的鱼儿说,不要害怕。"鲇鱼如释重负,高兴地回到池塘。

次日清晨,野兔来到池塘边。它看见野兽正在舀水。这时它拣了一张已经被虫咬过、上面布满了小洞的树叶,对野兽大声喊道:"弟兄们!我这里有一封因德拉大神的圣旨。"它拿起树叶装着读圣旨的样子,念道:"大神有令,他将要来打断鸟雀的腿、掐死老鹰、砍断豺的头,还要拔掉大象的牙齿!"

野兽们听到这些,一个个惊慌失措,乱作一团,它们一个爬在一个背上,然后再爬到蟒蛇的背上。蟒蛇经不起这样的重压,肚子被踩破了,所有的池水从它肚子里冲了出来,像决了堤的洪水宣泄而下,水势很猛,所有的动物全部被淹死了。

事与愿违,不是野兽吃掉鱼,而是鱼把它们慢慢吞噬了。

鹫、大象和兔子

许多年前,在一片林子里有一个鹫王。

一天夜里,它做了一个梦,梦见自己吃了白象的肉,便当上了整个山林的大王。

当它醒来时,它命令仆从替它去捕象。它的两个仆从,披上闪着金光的外衣飞向白象生活的地方。

"喂,大象,我们的主子派我们来请你进宫,因为它要吃白象的肉。"

白象听了这话,害怕得要命。然而它也无可奈何,因为鹫的威力太大,谁见到它都惧怕三分。

于是大象同妻子儿女告别后,便向鹫王的宫中缓缓走去。

在途中,它遇到了自己的好朋友——兔子。"你上哪儿去?"兔子问道:"看起来你好像有什么心事?"白象将事情的来龙去脉一一对兔子说了。

"你准备怎么办呢?你有妻子儿女需要你照应。让我跟你一起走。我相信,我们会有办法让鹫王改变主意的。"

白象听了如释重负。

兔子坐在它的头上,和它一同来到了鹫王的宫殿。

"欢迎!欢迎!"鹫王看见白象来到,马上喊道,"我等了你好久了。我恨不得马上就把你吃掉。"

它命令大象下跪,这样可以割下它的鼻子。鹫王这时看见兔子端端正正地坐在白象的头顶上,双手紧抓着象的耳朵。

"你是什么东西?"它傲慢地问道,"如果你不马上跳下来,我也把你吃掉。"

"且慢!"兔子沉着地说,"请你告诉我,你有什么烦恼吗?"

鹫王把梦中的事对它讲了。

"真的!"兔子有声有色地说,"鹫王,我也梦见我和你的妹妹结婚哩!"

"这怎么行?做梦怎么能当真呢?"鹫王大声吼道。

"既然这样，"兔子答道，"你就得公平合理，你也不能吃掉白象呀。"

鹫王哑口无言。它不得不承认兔子讲的话是无懈可击的。

白象高高兴兴地回了家，而它的好友兔子，也告别了伙伴，愉快地回到森林里去了。

巧分公鸡

从前，有一个贫穷的农夫，他成天冥思苦想，希望有朝一日能富裕起来。

有一天，他想出了一条妙计，拿了一只公鸡来到王宫，把它奉献给国王陛下。国王被这样的礼物逗得哭笑不得。他笑着对农夫说道："可怜的农夫，一只公鸡对我来说是微不足道的礼物。我一家六口——我、王后、我的两个儿子和两个女儿，我们怎么分这只公鸡呢？"

农夫面无惧色地回答："陛下，我能解答这个问题。给我一把刀，我把它切成碎块，让你们各自得到应该得到的一份。"

国王对农夫的回答十分感兴趣，因此吩咐仆人取刀递给农夫。

农夫首先割下公鸡的头献给了国王，说道："陛下是一国之首，所以请收下鸡头这份厚礼。"

接着他割下公鸡背上的肉，说道："这个献给王后，因为王后背负着全家的重担。"

再下去，他割下公鸡的两只脚，然后说："这两只脚是送给两个王子的。他们将踏着您的足迹，登上统治者的宝座。"

随后，他割下两只翅膀说："让您的女儿每人得到一只翅膀，因为她们有朝一日出嫁时，就要和丈夫一同远走高飞。剩余的部分是属于我的，因为我是陛下的客人，而主人有义务用最好的食品招待来客。"

国王听了农夫机智的回答非常满意，便赏给他金银和宝石。等农夫走出王宫时，他已是一个富翁了。

这事很快便在村民中传扬开了。

在同一个村子里住着一个贪婪成性的人。他了解到农夫发迹的经过后,心里想,自己能干得更加出色。于是他决定向国王奉献五只公鸡。这天,他带着五只公鸡来到王宫,对国王说道:"小人敬献五只公鸡问候陛下。"

国王一眼便看出,此人的来意不过是想获得与贫苦的农夫一样的奖赏。于是国王对此人说:"我很乐意接受你的五只公鸡,但是我一家有六口人——我、王后、我的两个儿子和两个女儿。假如你能公平合理地把它们分给我们,我当大大嘉奖你。"

贪心的男人不知道如何分配。他悔恨自己不该带五只公鸡,而应该带六只来。

国王看见贪心的男人无法解决这个难题,便差人把农夫召来。他要当面让贪心的男人知道,这个农夫是如何的聪明。农夫到达后,国王说道:"这个人送给我五只公鸡。你能不能公平合理地把它们分给我们一家六口人?"

农夫沉思了片刻,泰然自若地说:"陛下,这好办。一只公鸡献给陛下和王后,另外一只献给两位王子,第三只属于两位公主。剩下的两只公鸡属于我自己,因为我是陛下的贵客。这是分配公鸡的唯一合理的方法——因为陛下、王后和另一只公鸡加起来等于三;陛下的两位公主和一只鸡加起来等于三;陛下的两位王子和一只公鸡加起来等于三;而我和剩余的两只公鸡加起来也等于三。"

国王对这样的答案非常满意,因而赏给农夫两只公鸡,还给了他一大笔奖赏。而那个带了五只公鸡来的贪财的男人却两手空空,扫兴而归。

狐假虎威以后的故事

狐狸用狐假虎威的诡计欺骗了老虎之后,心中得意极了,而完全被唬住了的老虎,甘心称臣,日夜伺候在狐狸身旁。

从此,每逢狐狸外出巡视的时候,老虎就跟在他的左右。大小动物见到狐狸时,都敛声息气,充满着敬畏。动物们献上的各类贡品都堆放在狐狸的脚下,狐狸借着虎威过着兽中之王的日子。

日子久了,狐狸对这种日子也习惯了。无论是老虎的伺候,还是百兽的敬畏,他都觉得原该如此,认为自己本来就是兽中之王。

一天,老虎病倒了,狐狸照样大模大样地去森林中巡视,摆出一副兽中之王的神气样子。

可这一次的情形与以往却大不一样,动物们全然没有了往日的惶恐,对狐狸的出现熟视无睹、爱答不理。

狐狸心中疑惑:嗯?这是怎么回事?他看着动物们一个个漠然地从身边走过,没有一个向他打招呼。更有甚者,野猪竟用一种使狐狸感到极不舒服的眼光打量着他,这眼光使狐狸的脊梁骨上透着一股凉气。

狐狸感到受了屈辱,他不能容忍兽中之王的尊严受到侵犯!于是他大吼一声:"你,你们……"声音刚出口,就被扑上来的野猪咬住了耳朵。一阵撕裂肺腑的惨叫之后,狐狸抱着鲜血淋淋的头落荒而逃。

血的代价使狐狸回到了现实之中。

老鼠偷油

厨房里有一个长颈瓶,瓶里装满了香油。有一只乖巧的老鼠把瓶塞咬得粉碎,然后把长长的尾巴伸进瓶里,再把沾满了油的尾巴拖出来,卷到嘴边,津津有味地吃了个饱。"多好的尾巴啊!有了你,我才吃上了这样的香油。"他不由地夸起了自己的尾巴。

日子久了,从厨房到鼠洞就留下了一条油迹。

猫发现了鼠洞,就日夜守在鼠洞口。做坏事的家伙,胆子总是越来越大。一天,老鼠又拖着沾满油的尾巴,想回洞去,让自己的孩子也尝尝香油的味道。刚要进洞,猫猛地扑了上去。老鼠赶紧逃进洞里,身子是钻进去了,但那条尾巴却因为沾满了油太重了,一时收不进去。猫一下子就抓住了他的尾巴,往外一拖,把老鼠的整个身子都给拖了出来。当老鼠快要被猫咬死的时候,老鼠开始咒骂起自己的尾巴来:"你这条坏尾巴,没有你,我绝不会送命的。"

猫说:"当它对你有利的时候,你就夸奖它;当它对你有害的时候,你就咒骂它。你应该想想:偷油是件坏事,你的命是送在偷油上的。"

骗子鹳雀

一只鹳雀嘴里衔着一根小草,飞到树林里,对正在忙着搭窝筑巢的鸟儿们说:"咱们鸟类应当互相帮助、互相关心。咱们应该住在一起,互相有个照应!"鸟儿们都信了鹳雀的话,把巢筑在一起了。

不料鹳雀根本没安好心。他等到鸟儿们都飞出去找食吃时,就钻到别的鸟巢里,把鸟蛋一个个啄开喝蛋汁,还残忍地把刚孵出来的小鸟吃掉。他估摸着鸟儿们快回来了,就衔上一根草,装出一副正在干活的样子。

鸟儿们觅食回来,看到自己巢里的惨状,都非常气愤。大家一齐去问鹳雀,可鹳雀装做一无所知、一副无辜的样子,一口咬定:"这事与我无关!"

这时,鸟儿们才知道,当初鹳雀要大家把鸟巢筑在一起时就没存好心,鹳雀是个骗子。于是,大家都拍着翅膀飞得远远的,再没有一只鸟理睬鹳雀了。

乌鸦学语

从前有只老乌鸦,它孵出一只幼雏。等幼雏的羽毛长齐之后,老乌鸦就准备开始教它学鸣叫。老乌鸦心中暗想:"我的叫声太难听,被世人所讨厌,我已经老了,无法改变了。孩子还小,应该设法让它学些好听的鸣叫声。"

于是,老乌鸦带着小乌鸦去见喜鹊,对喜鹊说:"我儿子虽是乌鸦,但想学您的叫声。现在我带它来拜您为师,请您赐教。若是能把它难听的声音变得动听,让世上的人喜欢它,那我们全家一辈子都会感激您的。"

面对这样诚恳的请求,喜鹊当然不好意思推辞,就留下了小乌鸦,开始教它发声。

喜鹊发声时,是"喳喳"的声音,轮到小乌鸦时,发出的却是"哇哇"的声音。两种声音总是无法统一。

喜鹊气得忍不住用喙啄,拿爪子打小乌鸦。小乌鸦感到十分难过,虽然它努力地学,可终究不能改变"哇哇"的叫声。

喜鹊望着可怜的小乌鸦那尴尬的样子,说:"你本是乌鸦,我这个老师也无法教你了。"说完,就让小乌鸦回家去了。

小乌鸦回到自己家里,就和母亲"哇哇"地交谈起来,它用不着学就已经会了。

蜗牛搬家

蜗牛住在水池边的石缝里,周围没有花没有草,光秃秃的连个遮拦也没有,他每天饱受风吹日晒之苦。只有阴天下雨时,蜗牛才从壳里探出身来,舒展一下蜷曲的身子。

一天,蜻蜓、蚂蚁、蜜蜂等结伴来看望蜗牛。

蜻蜓说:"前边有个小土冈,那儿有密密的丛林、鲜花野草,还有一条清清的小河……我们都住在那里。"

蚂蚁说:"是啊!蝴蝶、蚯蚓他们也都住在那儿,我们大家一起干活、一起玩耍,甭提有多快乐啦!"

蜗牛听了蜻蜓和蚂蚁的话,很兴奋,心想:"小土冈竟然这么好啊!"于是,蜗牛决定搬家。

蜗牛送走了蜻蜓和蚂蚁,心情十分激动,因为苦日子就要熬出头了。他订了一个周密的搬家计划,决心到了小土冈以后要做出一番轰轰烈烈的事业来。

过了两天,蜜蜂来帮助蜗牛搬家。蜗牛看看头顶上的太阳,有点犹豫

了。他说:"我把一切都准备好了,只是今天不能搬家。"

"为什么呢?"蜜蜂不解地问。

蜗牛说:"今天太热了,我行动又慢,强烈的日光会把我晒坏的!"

没办法,蜜蜂只好走了。

过了两天,蝴蝶来帮助蜗牛搬家。蜗牛望望漫天风沙,又有些犹豫了,于是说:"我把一切都准备好了,只是今天不能搬家。"

蝴蝶不解地问:"为什么呀?"

蜗牛说:"我这细皮嫩肉,禁不住这风沙吹打!"

没办法,蝴蝶只好走了。

又过了两天,青蛙来帮助蜗牛搬家。这天,天空下着小雨,既没有太阳,又没有风沙,可是蜗牛望望那蒙蒙细雨,又有些犹豫了,他说:"我一切都准备好了,只是今天不能搬。"

青蛙不解地问:"为什么呀?"

蜗牛叹了口气说:"下雨地滑,小土冈的斜坡,无论如何我是爬不上去的。"

没办法,青蛙只好走了。

从此以后,再没有人来帮助蜗牛搬家了。

蜗牛的家虽然没有搬成,但当他有兴致的时候,总是朝着小土冈那边张望张望,低声叹息着:

"只怪当初我身体不好,天公又不作美,要不我早在那边过着愉快舒适的日子了。"

乌鸦为什么老是"哇哇"地叫

从前,画眉、八哥和乌鸦都不会唱歌。它们听说黄莺是有名的歌手,就一道去找黄莺学歌,黄莺也答应教它们。

黄莺唱,它们也跟着唱。当然啦,刚开始学,它们的嗓音都是很不好听的,而且节奏和音调也不一样,有的声音高、有的声音低;有的唱得快、有的唱得慢……听起来乱七八糟,连它们自己都觉得难听。因此,当别的鸟儿听到这些奇怪的声音飞来看时,画眉、八哥和乌鸦都感到很难为情。

黄莺却鼓励它们要坚持不懈地学下去,画眉和八哥听了黄莺的话继续练习,而乌鸦却站在一旁紧闭嘴巴。它想:"我才不愿意在大庭广众之下出洋相哩!"

不久之后,画眉和八哥都学会了唱歌。而乌鸦一张开口来,仍然是难听的"哇哇"声,谁也不欢迎它。

立 论

我梦见自己正在小学校的讲堂上预备作文,向老师请教立论的方法。

"难!"老师从眼镜圈外斜射出眼光来,看着我,说:"我告诉你一件事:

"一家人家生了一个男孩,合家高兴透顶了。满月的时候,抱出来给客人看——大概自然是想得一点好兆头。

"一个说:'这孩子将来要发财的。'他于是得到一番感谢。

"一个说:'这孩子将来要做官的。'他于是收回几句恭维。

"一个说:'这孩子将来要死的。'他于是得到一顿大家合力的痛打。

"说要死的必然,说富贵的撒谎。但说谎的得好报,说必然的遭打。你……"

"我愿意既不谎人,也不遭打。那么,老师,我得怎么说呢?"

"那么,你得说:'啊呀!这孩子啊!你瞧!多么……阿唷!哈哈!Hehe！He,hehehe……'"

（鲁迅）

狗的驳诘

我梦见自己在隘巷中行走,衣履破碎,像乞食者。

一条狗在后面叫起来了。

我傲慢地回顾,叱咤说:

"呔！住口！你这势利的狗！"

"嘻嘻！"他笑了,还接着说,"不敢,愧不如人呢！"

"什么！"我气愤了,觉得这是一个极端的侮辱。

"我惭愧:我终于还不知道分辨铜和银;还不知道分别布和绸;还不知道分别官和民;还不知道分别主和奴;还不知道……"

我逃走了。

"且慢！我们再谈谈……"他在后面大声挽留。

我一径逃走,尽力地走,直到逃出梦境,躺在自己的床上。

（鲁迅）

图书在版编目(CIP)数据

中国寓言故事／王燕编著.
-北京:北京燕山出版社,2005.2(2017.2重印)
ISBN 978-7-5402-1575-0

Ⅰ.中… Ⅱ.王… Ⅲ.寓言-作品集-中国 Ⅳ.I277.4

中国版本图书馆 CIP 数据核字(2005)第 007483 号

中国寓言故事

王 燕 编著
责任编辑／张红梅 白利忠
装帧设计／小 贾

北京燕山出版社出版发行
北京市西城区陶然亭路 53 号 邮编 100054
全国新华书店经销
三河市北燕印装有限公司印刷

开本 915×1220 1/32 印张 7 字数 196,000
2014 年 7 月第 4 版 2017 年 2 月第 6 次印刷

定价:15.00 元

版权所有 盗版必究